# 花に嵐

この世の花❷

佐々木裕一

時代小説文庫



角川春樹事務所

目次

登場人物紹介

**花《はな》**
明けて十六歳となったいたいけな少女。

**ふき**
花の亡き母。兼続が唯一惚れて娶った妾だった。

**真《ま》島《しま》兼《かね》続《つぐ》**
花の父。徳川譜代の名門、七千石の旗本家当主。

**藤《ふじ》**
兼続の正妻。旗本北条家に嫁いだ長女・菊《きく》(二十二歳)と次女・桜《さくら》(十八歳)の母。

**瑠《る》璃《り》**
一ノ部屋様と呼ばれる兼続の妻。長男・一成《かずなり》(二十歳)、四女・霞《かすみ》(十七歳)を産んだ。

**富《とみ》**
二ノ部屋様と呼ばれる兼続の妻だったが花への虐めで追放された。三女・楓《かえで》(十八歳)の母。楓は大名・堀井家で侍女にされたが、お手付きとなり懐妊し、一転寵愛を受けることに。

**青山《あおやま》信義《のぶよし》**
九千石の大身旗本・青山甲斐守の長男。一成の親友。

**早水《はやみ》遼太郎《りょうたろう》**
花を度々助け、花には「飲んだくれの若様」と心の裡で呼ばれている。

# 第一章

# 不穏な茶会

# 一

「母上……」

己の声で目をさました花《はな》は、ああ、夢か、と思い落胆した。先ほどまでにぎられていた手の温《ぬく》もりは、今はもうない。

まだ外は暗く、祖父母が暮らしていた離れの臥所《ふしど》は、もうすぐ桜が咲こうとしているのに寒い。昨日は、季節外れの雪が降った。

母が夢に出てくれたのは、明日のことがあるからだろうか。明日は、父真島兼続《ましまかねつぐ》の命を受けて大坂《おおさか》から帰ってきた大橋翔馬《おおはししょうま》が、奥御殿の女たちをすべて集め、花のことで詮議《せんぎ》をする運びになっている。

母を喪《うしな》い、父が大坂に派遣された時からはじまった辛《つら》い日々が、昨日のことのように頭に浮かぶ。

正妻の藤《ふじ》は、憎い妾の娘《めかけ》である花に辛く当たり、侍女や下女たちによる壮絶ないじめが続いた。食事に砂や痰《たん》を入れられ、瘦《や》せてゆく日々のあいだに体調を崩した時には、腐った卵の粥《かゆ》を食べさせられそうになり、もう死にたいと思うほど追い詰められたこともあった。行儀見習いに出された保坂《ほさか》家で、奥方の瀬那《せな》と出会えたことで跡取り息子である勇里《ゆうり》との縁談が持ち上がり、地獄のような真島家から抜け出せると思っていたが、それは夢と消えた。そうして戻された真島家では、以前にも増して女たちから酷《ひど》い扱いを受け、辛い日々を送っていた花は、自分で命を絶つまでもなく、いつか殺されるのではないかと思いはじめていた。そんな花の身に一筋の光明が射《さ》したのは、飲んだくれの若様に助けられた日だ。真島家の女たちが、花に壮絶ないじめをしていると知った兼続が激怒し、大橋を名代として江戸《えど》に戻すと、伝えてきたのだ。

その大橋が戻ってきた。

母が夢枕に立ったのは、この世に無念なことがあるからに違いなかった。そう思えてならない花は、強く生きなさい、という遺言を胸に、いつの間にか流れていた涙を拭《ぬぐ》って身を起こした。

朝を待ち、一人で身支度《みじたく》を整えた花は、数少ない味方である下女のお梅《うめ》が持ってきてくれた朝餉《あさげ》をとり、離れを出た。

女たちが集められたのは、奥御殿の座敷だ。

裏庭に面した十六畳の座敷には、侍女と下女たちが集まっており、花に気付くと、神妙な面持《おもも》ちで両手をつき、平伏した。

女たちの態度が変わったのは、父が本気で激怒していると、大橋が伝えたからに他ならないが、これまでの仕打ちや、蔑《さげす》んだ態度が本性だと思う花は、女たちの様子を白々しく感じるのだった。

「花お嬢様、こちらへ」

機嫌《きげん》を取る口調で上座をすすめる老臣の沢辺《さわべ》定五郎《さだごろう》とて、穏やかな表情をするばかりで、苦しい時に助けてくれなかった。

花は、付き添うお梅と繋《つな》いでいた手にぎゅっと力を込めてから放し、侍女と下女たちに向いて正座した。

それを待っていたかのように、藤と瑠璃《るり》、そして次女の桜《さくら》、四女の霞《かすみ》が入ってきた。

正妻の藤が上座の中央に正座し、嗣子《しし》一成《かずなり》の生母で一ノ部屋様と呼ばれる瑠璃は、あとから来た一成が座った正面に位置取り、艶《あで》やかな笑みを浮かべている。

あるじの名代である大橋は最後に入ると、重々しく口を開く。

「これより、花お嬢様への仕打ちについて詮議をはじめまするが、それがしが告《つ》げる一切は、殿のお言葉と心得られよ」

女たちは困惑した表情を浮かべるだけで返事をせず、救いを求めるような目で藤を見ている。

皆の気持ちを受けた藤が、勝ち気を面《おもて》に出して口を開く。

「大橋」

「はっ」

「皆はよく仕えているのですから、そのような物言いをして脅すでない。何が殿のお言葉じゃ。身をわきまえぬか」

大橋は耳を貸さず、花に穏やかな声音で問う。

「花お嬢様、この場で遠慮《えんりょ》は無用にござります。これまでどのようにお辛い日々を過ごされたのか、それがしにお聞かせくだされ」

花はうつむいて口をすぼめ、膝《ひざ》の上に置いている己の手を見つめた。お梅が用意してくれた小袖《こそで》は、初夏を先取りした涼やかな薄青色の下地に、白い花びらが染め抜かれている。その花びらの色に合わせた帯は、白地に黒の格子柄だ。

帯は、数少ない母の形見。母はこの中の誰かに殺されたと疑っている花は、仇《かたき》を見つけるまで誰も欠いてはならぬと決めて、この場に来ている。

静かに深い息をした花は、毅然《きぜん》とした顔を大橋に向けた。

「罰《ばつ》を与える者は、誰もおりませぬ」

大橋は困惑した。

「何を恐れておられます」

「恐れてはいません」

「しかし、お嬢様の窮状《きゅうじょう》を訴えられた文《ふみ》がここにあるのです」

大橋は、漆塗りの文箱《ふばこ》を差し出した。

藤が驚くのを横目に、瑠璃が問う。

「文の送り主は、この家の者ですか」

「さにあらず」

大橋は文箱の蓋を開けて取り出し、広げて皆に見えるよう掲げた。

大坂の父に文を送っていたのは、保坂勇里の母瀬那だった。

三女の楓《かえで》の策により、譜代の名門、堀井《ほりい》家当主武直《たけなお》の姪である頼《より》姫と勇里の縁談が決まり、花を地獄から救い出すことができなくなった瀬那が胸を痛め、せめてもの手立てとして文をしたため、兼続に知らせていたのだ。

花に対する女たちの仕打ちが事細かに書かれた長文を見せられた藤は、怒気を浮かべた。

「いかに瀬那殿が将軍家縁者であろうと、このような妄言《もうげん》をよくも……」

「口を慎《つつし》みなされ」

厳しく抑えた大橋に、藤は勝ち気をぶつける。

「たった今花が、罰する者はいないと申したではないか」

「殿はお見通しなのです。花お嬢様は必ず、皆をかばうはずだと」

藤は、底意地の悪そうな笑みを浮かべて花に声をかける。

「花、もう一度大橋に聞かせてやりなさい」

猫なで声が気持ち悪いと思った花は、受けた仕打ちが喉元《のどもと》まで出かかったのだが、決意を胸にぐっと堪《こら》えているあいだに、大橋が先に口を開いた。

「花お嬢様、何も恐れることはありませぬぞ。それがしは殿から、花お嬢様をいじめた者を必ず厳しく罰するよう命じられております。相手がたとえ、奥方様であっても許さぬようにと、ここに証《あかし》もございます」

大橋が文箱から出したもう一通には、まさに、大橋が告げたとおりのことが兼続の字で書かれていた。

この言葉により、花をいじめ抜いてきた女たち、特にお樹津《きつ》は震えだし、花に向かって突っ伏した。

「花お嬢様、深くお詫《わ》びを申し上げます。もう二度とあのようなことはいたさぬと誓《ちか》いますから、どうか、命ばかりはお助けくださいい」

廊下まで下がって額《ひたい》を打ちつけて命乞《いのちご》いをするお樹津を見ても、花のこころは動かない。

気持ちを封じ込めている花は、ここではあえて、冷ややかな眼差《まなざ》しを向けた。その様子をうかがった藤が、他の侍女や下女たちが恐々としているのを見て大橋に言う。

「この場をよう見なされ。皆は殿がご寵愛《ちょうあい》される花を恐れているのですから、いじめるわけがない。現に花も、罰を与える者はいないと申しているではないか」

「しかし……」

「花、このわからず屋にはっきり言いなさい。誰も恨《うら》んでおらぬと」

藤の言うことを聞くつもりは毛頭ない花は、うつむいて黙っていた。

花を促そうとする大橋に、瑠璃が口を挟む。

「大橋殿、そう気負《きお》わなくてもよいのでは」

見目麗《うるわ》しい姿の笑顔が、前のめりになっている大橋の気持ちを抑えたようだ。花を促すことをやめたところで、瑠璃が続ける。

「花は今、何不自由なく暮らしているのですから、どうしても心配だと思うのでしたら、しばらく江戸にいて、ご自分の目で確かめたらいかがです」

瑠璃の、形のよい桜色の唇《くちびる》から目が離せないでいた大橋は、我に返ったように頭を振り、居住まいを正して告げる。

「花お嬢様の件で頭がいっぱいになっており、ついご報告が遅れました。殿は御公儀の沙汰《さた》があり、ようやく江戸に戻られますから、それがしはこのまま残ります」

上方《かみがた》の情勢が混沌《こんとん》としているせいで、江戸への帰参は延び、いつになるかわからないという知らせが来ていただけに、一変して兼続が戻ると聞いて、その場が凍り付いた。侍女や下女たちは表情を強張《こわば》らせている。

まさに、兼続が戻るまでに花をどうにかしようと思っていた藤は、そわそわと落ち着きがなく、額から出てくる汗を拭《ぬぐ》っている。

喜ぶのは、瑠璃の家族だけだ。中でも一成は、肩の荷が下りたとばかりに明るい顔をする。

「花、よかったな」

水を向けられた花はうなずいて見せるも、胸のうちでは不安が拭えていない。なぜなら、藤が睨《にら》んでいたからだ。その目つきは恐ろしく、つい、下を向いてしまうのだった。

瑠璃が大橋に問う。

「殿は、いつお戻りですか」

「梅雨になるまでにはと聞いておりますが、日にちはまだ決まっておりませぬ」

「まだ先ですねえ」

がっかりする瑠璃と、安堵《あんど》する藤の様子を見ていた花は、ここでは何も打ち明けなくてよかったと思う。ただ、怒り心頭の兼続が戻るとなると、皆の恐れは変わらぬはずだ。

わたしは父が戻るまで、生きていられるだろうか。

そう思えてならぬ花は、鳥肌が立った腕をさすった。

詮議は、誰も罰を受けることなく終わった。

誰とも口をきかず離れに戻った花は、一人で部屋に籠《こ》もって考えごとをしていたのだが、不安が拭えずにいると、お梅が茶菓を持ってきた。

「花お嬢様、お父上がお戻りになるというのに、どうしてそんな悲しそうなお顔をされているのですか」

お梅には、悲しそうに見えるのか。

花は微笑《ほほえ》んだ。

「母上のことを考えていたからでしょう。今朝、夢に出てくださったのよ」

母親に疎《うと》まれて生きてきたお梅には、花の気持ちが理解できないのだろう。

「そうでしたか」

首をかしげながら落雁《らくがん》を載せた皿と、抹茶《まっちゃ》を点《た》てた茶碗《ちゃわん》を置いた。

茶菓を見ても、台所方の待遇《たいぐう》が大幅によくなっている。遠く離れていても、父に守られたような気持ちになった花は、きっと大丈夫だと、先ほどまでの不安を打ち消すのだった。

「甘くておいしい」

そう言って落雁の皿を差し出すと、お梅は遠慮せずに一粒取った。口に入れて微笑むお梅は、さも嬉《うれ》しそうに言う。

「大橋殿から、花お嬢様のおそばから離れないよう命じられました。今日からここで、お世話をさせていただきます」

花は瞠目《どうもく》した。

「ずっと、ここに居てくれるの？」

「はい」

「夜も？」

「もちろんです」

嬉しくなった花は、一緒に寝ようと誘い、お梅を驚かせた。

「いけません」

それでも花は、下男が運んできたお梅の布団を自分の部屋に入れさせ、夜は枕を並べて眠った。

朝は二人で同時に起き、食事も二人で作って食べた。

母屋《おもや》から呼び出されることもなくなり、花はゆっくり朝餉をとったあとは、お梅を手伝って掃除や洗濯《せんたく》をして、楽しい一日を過ごすのだった。

二

藤は、様子を探らせた侍女の澤《さわ》から花の暮らしぶりを聞いて、歯がゆそうに顔を歪《ゆが》めている。

「あの女狐《めぎつね》によう似た顔を見ずにすむ方法はないものか」

この世におらぬふきを思い出させる花のことが、どうしても許せぬ藤なのである。

手巾《しゅきん》を噛《か》む藤に、そばに付き添う澤とお志乃《しの》は、かける言葉がない。

三人の様子を庭から見ていた瑠璃は、頃合いを見て声をかけた。

「奥方様、よろしいですか」

庭から上がる瑠璃に、藤は不機嫌な顔をする。

「花のことなら聞きとうない」

「まあそうおっしゃらずに」

そばに座った瑠璃は、さっそく切り出す。

「先ほど聞こえてしまったのですが、花を恐れているのですか」

「何を言うのです。あんな小娘を恐れるものですか」

「これはご無礼しました。花が殿に告げ口すれば、わたしたちは離縁されるかもしれませんから、てっきり奥方様も恐れてらっしゃると思ったもので」

「何！」

驚く藤に、瑠璃は不安そうに言う。

「若殿が、覚悟しておけと言うものですから……。それほどに、殿のお怒りは激しいようです」

「あの気弱な殿が、離縁などするものですか」

否定したものの、座敷での大橋の言葉を思い出したのだろう、藤は落ち着きがなくなった。

「殿が戻られるまでに、花を始末できないだろうか」

澤とお志乃が息を呑《の》み、瑠璃を見てきた。

瑠璃は即座に切り返す。

「そのように恐ろしいことを考えては、身の破滅を招くだけです」

藤が血走った目を向ける。本気とも取れる、恐ろしい形相《ぎょうそう》だ。

瑠璃は諫《いさ》めた。

「そのようなお考えはいけません」

「ではどうしろと言うのです。腹黒い花が、黙っているとは思えぬ。大橋に訴えなかったのは誰も信じていないだけであり、戻られた殿に直《じか》に言うつもりに決まっている」

瑠璃はうなずく。

「確かに奥方様がおっしゃるとおり、自分の口で伝えるつもりのようですね。あの女の娘ですから、殿はきっと、花をお信じになるでしょう」

「そうはさせぬ」

焦《あせ》りを隠せぬ藤は、声が上ずり、どうしても口を封じてしまいたいようだ。

そんな藤の心中を読んだ瑠璃は、藤の手を取り、力を込める。

「恐ろしい考えはおやめください。それよりもっといい考えがございます」

藤は、きつい眼差しを向けた。

「もったいぶらずに、早く言いなさい」

「殿がお戻りになる前に、花の縁談を決めるのです」

藤は不機嫌に答える。

「保坂勇里殿との縁談は、楓が邪魔をしたではありませぬか」

「もう一人、花が喜ぶ殿方がいるではありませんか」

「誰が……」

言いかけた藤は目を見開き、口をあんぐりと開けた。

「まさか……」

「そのまさかです」

「信義《のぶよし》殿はなりませぬ」

なんとしても可愛《かわい》い桜を嫁《とつ》がせたい信義に、花をやれるかと怒った藤は、瑠璃を指差す。

「そなたとて、本心は霞を嫁がせたいと思っていたのでしょう。よりによって花を嫁がせるなど、本気で言っているのですか」

霞はそもそも殿方に興味がない、とは言えぬ瑠璃は、困った顔をする。

「青山《あおやま》家は、旗本の中でも名門中の名門ですから、娘を持つ親なら当然、ご縁をいただきたいと思います」

「では余計なことを申さず、他の手を考えなさい」

「他に手がないから申し上げているのです。保坂家との縁を奪われ、侍女や下女たちから酷い目に遭《あ》わされた花は、きっとわたしたちを許さないでしょう。何よりも奥方様にとって誤算は、殿ではありませぬか」

藤は悔しそうな顔をした。

「そのとおりよ。でもこの目で殿がお怒りの姿を見ていないのだから、半信半疑でもある。あの気弱な殿が、わたしたちに罰を与えるだろうか」

「殿の字を見る限り、かなりのご立腹です。わたしは、あのように力強い字を見たのは初めてです。文言からも、本気を見て取りました」

瑠璃の断言に、侍女たちは顔が青ざめている。

澤が三つ指をついた。

「奥方様、わたしは一度だけ、殿がお怒りの場を見たことがございます」

藤は澤に探るような目を向ける。

「どこで、いつ見たというのです」

「一年前のことです。庭の掃除をしていた二人の下男が、ふき様と花お嬢様の悪口を言っていたのを通りがかりに耳にされた殿が激昂《げっこう》され、その場でお手討ちにされようとしたのを見ました」

藤は目を見張った。

「初耳です。どうして黙っていたのですか」

「お諌めされた大橋殿が、二人の下男を追放されたことでことなきを得て、見ていたわたしには、厳しく口止めをされました。ですから、このことは……」

「お前から聞いたとは言いませぬ」

ぴしゃりと切った藤が、苛立《いらだ》ちをあらわにして、手で脇息《きょうそく》を打った。

澤が恐れて下を向くのを見た瑠璃が、藤に告げ口をするように言った。

「花は、わたしたちが知らない殿のご気性をわかったうえで、お帰りを待っているのかもしれませぬ」

「おのれ……」

悔しさと怒りのあまり身震いまでする藤に、瑠璃は穏やかに続ける。

「花を黙らせるには、信義殿と夫婦《めおと》にするしかありませぬ。誰もが羨《うらや》む殿方に嫁がせるかわりに、これまでのことは一切殿に言わない条件にすれば、花も黙っているはずです」

「そうだろうか……」

納得しない藤に、瑠璃は吹き込む。

「奥方様のおっしゃったとおり、辛い目に遭わされた花は、もはや誰も信用していないはず。きっと根に持っているはずですから、大橋殿を頼らなかったに違いありませぬ」

「くどい」

「申しわけありませぬ。不安のあまり、つい繰り返しました」

「わかっています。殿が戻れば、自分の口で訴えると言いたいのであろう」

「くどくてごめんなさい。でも、花の口を塞ぐには、それしか手がないと思うのです」

藤は、色が変わるほど唇を噛みしめ、悔しそうに目を閉じていたが、程なく、あきらめたように大きな息を吐いた。

「まさか殿が、ここまでお怒りになるとは思いもしませんでした。やはり殿は、あの女狐の子を誰よりも可愛がっている。それがよくわかりました」

「お辛いでしょうが、今は、御身を第一にお考えください」

「離縁されたら、これまでの苦労が水の泡です。どうやら、瑠璃殿の考えに従うしかないようですね……」

「ご英断かと」

「ただしこのことは、わたしが許すまで他言無用です。いいですね」

凄《すご》みを利かせる藤に、瑠璃と二人の侍女は頭を下げて従った。


その三日後、瑠璃は藤の呼び出しを受けて母屋に足を運んだ。

三日会っていないあいだに、藤は老け込んだように見えた。信義に恋焦《こ》がれる娘の桜を想《おも》い、よほど悩んだに違いなかった。

「これから、花の縁談を一成と大橋に話します」

どうやら、腹をくくったようだ。

程なく座敷に来た一成と大橋は、藤と瑠璃の前に座ったのだが、あいさつをしただけで押し黙ってしまう藤に、不思議そうな顔をしている。

一成は実母の瑠璃に、何ごとですか、と言いたそうな目顔を向けてきた。

「奥方様……」

もうあきらめなさい、という具合に瑠璃が背中を押してようやく、藤は口を開いた。

「二人に来てもらったのは、花の縁談のことで話があるからです」

「花の……」

一成は困惑したような顔で問う。

「相手は誰です」

「青山信義殿……」

藤は悔しそうに言うと横を向いてしまったが、一成は、ぱっと表情を明るくした。

「それはいい話です。我が友が喜びます」

大橋が驚いた顔をする。

「若様、それはどういう意味です」

「これまで黙っていたのだが、信義殿は花に気があるのだ」

「なんと！　それはまことですか」

「嘘《うそ》を言ってどうする。奥方様、ありがとうございます。さっそく父上に文を送り、お許しを願います」

まるで自分のことのように喜ぶ一成に、藤は茫然《ぼうぜん》としている。

「信義殿は、まことに花を想うておられるのですか」

問う瑠璃に、一成は嬉しそうにうなずく。

「前々から、気持ちを打ち明けられていました。花を娶《めと》りたいが、父親が上方から戻るまで黙っていてくれと言われていたのです」

大橋が声を張る。

「折よく、青山甲斐守《かいのかみ》様も殿と同時期に江戸へ戻られます」

一成はうなずく。

「昨日、信義から聞いた。父御《ちちご》が戻られたら、花に縁談を申し込みに来ると言われていたのだ。奥方様、今から信義に教えてやります」

藤は頬を引きつらせながらも笑顔を作り、立ち上がる一成を見ている。

「お待ちなさい」

止めたのは瑠璃だ。

「殿が反対されれば糠喜《ぬかよろこ》びになりますから、二人にはまだ黙っていたほうがよいでしょう」

一成は不満そうだ。

「母上、この良縁に父上が反対するとは思えませぬが」

「それは若殿のお考えであって、殿のお考えではないでしょう。わたしも十中八九反対されないと思いますが、花のためにも、ここは慎重に」

兼続の返事が来てから教えるよう瑠璃に念押しされた一成は、

「わかりました。では、急ぎ大坂に文を送ります」

こう約束して、大橋と下がった。

藤は眉間《みけん》を指で押さえて顔を歪める。

「ああ、桜が悲しむと思うと切ない」

瑠璃の目が炯々《けいけい》と光ったが、それは一瞬だけで、寄り添った声をかける。

「わたしたちの身を守るためですから、桜には泣いてもらうしかありませぬ。わたしが思うに、信義殿は頼りないお方です」

藤が鋭い目を向ける。

「気休めはよしなさい」

「気休めなどではありません。花が苦しい時、信義殿は助けようともせず、学問を第一に考えておられました。先ほど若殿は、信義殿が花を想っていると申しましたが、花が苦しい時に親身になっていたのは、信義殿ではなく勇里殿です」

「信義殿に桜が嫁げば、きっと苦労したでしょう。想いがある花に対しても冷たいのですから、好きでもない者を相手にするとは思えませぬ」

「確かに……」

「母上！」

金切り声に瑠璃が振り向くと、廊下に桜が立っていた。

藤が焦った。

「いつから聞いていたのです」

桜は答えず部屋に入り、瑠璃に言う。

「母と二人だけで話をさせて」

涙目になっている桜を心配した瑠璃は問う。

「話を聞いていたのですか」

「なんのことよ」

「いえ、いいのです」

瑠璃は頭を下げ、部屋から出た。

桜は藤に泣きつく。

「花を信義殿に嫁がせるのですか」

藤は驚いた。

「やはり立ち聞きをしていたのですか」

「違います」

「では誰から聞いたのです」

「お樹津が下女たちと話しているのを聞きました」

「まさか……」

「ほんとうなのですか」

「…………」

「母上、答えてください！」

泣き叫ぶ桜に、藤は瑠璃の言葉を伝えた。

「信義殿は薄情な人だから、夫婦になれば苦労が目に見えている。花を追い出すには、もってこいの相手なのよ」

「嘘！　父上に告げ口されるのを恐れて、花の機嫌を取る気だって、みんな言ってたわ」

「それは違う！」

「花に信義殿を渡してたまるものですか。お願いです母上、わたしを嫁がせてください」

「それはできませぬ。もう父上に文を送りましたから」

あきらめさせるつもりの嘘が、桜の気を動転させた。

「花に負けるなんて、死ねと言うのと一緒です！」

叫んだ桜は、懐剣袋の紐《ひも》を解《ほど》いて柄《つか》に手をかけた。

「おやめなさい！」

必死に止めた藤は、懐剣を奪い取って投げた。

「花が恨めしい」

声を震わせて泣き崩れる桜を抱き止めた藤は、

「母を許して。この償《つぐな》いは必ずさせるから、死のうなんて馬鹿なことは、二度としてはなりませぬ」

背中をさすりながらそう言い、恨みに満ちた顔をするのだった。

そんな抱き合って泣く親子を見ていた人影があったのだが、騒ぎを聞いて廊下を急いで来る澤たちの声がすると下がり、侍女たちが来た時には、廊下に誰もいなかった。

ていた。

三

何も知らない花は、下働きをさせられることもなく、離れで穏やかな暮らしを続けていた。

好きな本を何度も読み返していたが、先日信義がくれた平安中期に書かれた物語は、少し読んだだけで切なくなってしまい、本棚に入れたままになっている。

切なくなったわけは、公家《くげ》の乙女と君が、成就《じょうじゅ》できない恋に胸を焦がす物語だったからだ。

読み聞かせてやったお梅は、続きがどうなるのか気になると言うのだが、花はどうしても、先に進むことができない。勇里との縁談がなくなったわけと、物語の筋が似ている気がしたからだ。

「信義殿は、この物語をお読みになったのですか」

つい二日前に来た信義に感想を訊《き》かれた花は、そう問い返した。

すると信義は、苦笑いを浮かべて、学問が忙しくて読んでいないという。本を求める時、店の者から若い女に人気の恋物語だと聞いて、花も気に入るだろうと思ったらしい。

信義にしてみれば、勇里と花の縁談がなくなったことを喜んでいるのだから、花の気持ちを考えはしなかったのだろう。気持ちが勇里に向いていたとは知る由もないのだから、信義を責めることはできぬ。

そう思った花は、諸国行脚の書物を置いて、恋物語の本に手を伸ばした。

「お読みくださるのですか」

縫い物をしていたお梅が、目を爛々《らんらん》と輝かせるものだから、花はくすりと笑って開いた。

読み進めていくと、途中はやはり悲恋だった。二人の恋は、周囲に反対されながらもようやく結ばれ、姫は后《きさき》になれるのだが、夫が政争に巻き込まれ、心労が重なって病に倒れ、十日もしないうちに帰らぬ人になってしまう。

反対を押し切って后にしたことで、君に対する風当たりが変わったことが、政争のはじまりだった。それでも君は后を守り、懸命に生きようとしていたのだ。

「なんて悲しい話でしょう」

お梅は悲嘆して涙を流しながらも、その後が気になるという。

まだ三分の一が残っていたので、花は読み進めた。後半は、君がこの世を去ってからわかった愛の結晶を狙う者から守るため身を隠し、強く生き抜く女の生涯だった。

読み終えた時、壮絶な女の生涯を垣間見《かいまみ》たお梅は、茫然として言葉も出ない様子になっていた。

少々できすぎた話だと花は思っているのだが、ようやく落ち着いたお梅は、じっと花を見てくる。

「女は人を好きになると、ここまで強くなれるのでしょうか」

花はどきっとした。

信義は読んでいないと言ったけれど、勇里に対する気持ちはここまでではないと、気付かせようとしたのかもしれないと思ったのだ。

ずっと一緒にいてくれるお梅も、そう言いたいのかもしれない。

胸に手を当てて考えてみろと言われた気がした花は、お梅の目を見た。

「まだ本気で人を好きになったことがないから、正直わからないわ」

だが胸のうちでは、母のことを思っていた。こころが通じていた父とのあいだに生まれたわたしを、守ってくれたのだから。

お梅は、そんな花の心中を見透かしたように、優しい笑みを浮かべた。

「命がけで守りたいものに、わたしも出会ってみたいです」

花はうなずいたが、誰か想い人がいるのかは訊けなかった。下女として生きる立場のお梅は、藤が認めない限り屋敷を出ることができないからだ。

花は本を見つめた。

「このようにうまくいく話が、この世にあるのかしら」

そう言うと、お梅は押し黙った。

「二人で下を向いてどうしたのだ」

ふいにかけられた声に顔を上げると、一成と信義が庭を歩いてきた。お梅が慌てて迎えに出るのを手で制した一成が、信義と部屋に上がってきた。

上座に座る二人に、花は向き合って座る。

「いただいた本を読み終えて、考えさせられました」

花がそう言って本の表紙を見せると、信義は微笑んだ。

「おなごの生涯について、考えていたのか」

「恋であろう」

一成が言うので、花は問う。

「兄上は、お読みになったのですか」

「まさかな。霞が読んだらしく、母と話しているのを聞いたのだ」

「霞お姉様はなんとおっしゃったのですか」

興味を持った花に、一成は困り顔で答える。

「母は、恋に興味を持ってもらいたくて読ませたらしいのだが、霞は、ますます男がいやになったようだ。結局苦労するのは残された女だから、男はいらないそうだ。これからの時代は、女も強くなるべきだと言って母の頭痛の種を増やしていたから、この本は霞にとっては悪書だ」

そう言って笑う一成は、ふと真顔になって問う。

「花まで、男はいらぬと言いだすのではあるまいな」

考えは人それぞれだと感じた花は、ここで本音を語れば家中の者に知られる気がして、さあ、と言って微笑む。

「誤魔化《ごまか》されたぞ」

一成に水を向けられた信義は、花を見て微笑んだが、それ以上の感想を求めてこなかった。

「何かご用がおありだったのでは」

問う花に、一成が微笑んだ。

「父上が戻られる時期が正式に決まったから、教えてやろうと思ってな」

花は嬉しさのあまり身を乗り出した。

「いつです」

「皐月《さつき》の十日ごろには戻られる」

二月以上もあるが、まだ先だと思っていた花は嬉しくなった。

「待ち遠しいです」

一成がうなずく。

「父上が戻られたら、もっといい話があるからな。この離れで暮らすのも、あと少しだと思って楽しみに待っていろよ」

花は唇をすぼめた。

「母屋で暮らすのですか」

「それはまだ内緒だ。なあ信義」

水を向けられた信義は、慌てたような顔をした。

その真意がわかるはずもなく、花は何よりも心配なことを兄に頼むために三つ指をついた。

「兄上、この離れを出ても、お梅をそばに置いてください」

一成は快諾した。

「それがお前にとっていいなら、父上に頼んでやろう」

花は安堵し、お梅と微笑み合うのだった。

信義が口を開く。

「何かほしい物はあるか」

花は首を横に振る。

すると一成が、手を打ち鳴らした。

外に控えていたのは、商人だった。花は久しぶりに見る顔で、屋敷に出入りを許されている呉服商の女あるじだ。

「花お嬢様、お久しぶりでございます」

三つ指をつく女あるじは、母が元気だった頃に専《もっぱ》ら出入りをしていたこともあり、花のことを懐かしみ、涙を流した。

「光代《みつよ》さん、泣かないで」

「申しわけありません、お嬢様がふき様に似てらっしゃるものですから、思い出してしまいまして」

ふきが元は商人の娘だったのもあり、光代は気心が知れた友だったのだ。

着物を新調するたびに自ら足を運んでいた光代と母が楽しそうに話している姿が、

昨日のことのように頭に浮かんだ花は、泣いてはいけないと思いつつも、感情を抑えられなかった。

光代が懐紙で拭ってくれると、ほのかにいい香りがした。母も好んでいた、白檀《びゃくだん》の香りだ。

光代と母が選んで仕立ててくれた着物は、母が亡くなった年の正月に袖を通したのが最後で、花の手元には、他の着物や帯さえも、藤に処分されて一枚も残っていない。

父がまだ戻らぬ今、不安が残る花はそっとうかがう。

「今日は、どうしたのです」

己の目尻《めじり》を拭った光代は、春の陽気のように優しい笑みを浮かべる。

「茶会のために、新しい着物を仕立てる支度にまいりました」

意味がわからない花は、首をかしげる。

「茶会？」

「そうです。ご存じないのですか」

困惑の色を浮かべる光代の横で、一成が驚いた。

「まだ聞いていなかったのか」

「兄上、なんのことです」

「そんなことだろうと思った。まったく……」

藤殿には困ったものだと嘆息を漏らした一成は、表情を改めて告げる。

「昨日、楓から誘いがあったのだ。堀井家の中屋敷で梅を愛《め》でる茶会を開くので、皆で来てほしいとな」

花はうつむいた。

「それは兄上の早合点《はやがてん》です。楓お姉様がわたしを招くとは思えませぬから、奥方様はお伝えにならないのでしょう」

「そうではない。楓は、お前にも来てほしいと文に書いているのだ」

「どうして……」

楓と花には、消えることのない因縁がある。

花が信義に好かれていると思い嫉妬《しっと》した楓は、何かと嫌がらせをしていたのだが、母親の富《とみ》が、娘を信義に嫁がせるために、花を貶《おとし》める策を弄《ろう》したのだ。

花が母と思い頼りにしていた瀬那に対し、人を使って毒を盛り、あたかも花の仕業《しわざ》のようにして罰を受けさせようとしたことは、忘れることができぬ恐ろしい所業だ。

瀬那の慈悲で罪には問われなかったものの、楓は堀井家の侍女とされ、富は追放される形で真島家から出されたのだ。

今でも恨んでいるはずの楓が、

「わたしを招くとは思えませぬ」

そうとしか考えられぬ花に、一成は穏やかに告げる。

「恨んでいるのは、お前のほうではないのか」

「どうしてわたしが……」

「勇里との縁談を、邪魔されたと思っているのであろう」

図星だけに、花は返す言葉がない。

一成は続ける。

「前を見ろ花。勇里との縁は切れたが、それ以上に良い縁談があるかもしれぬのだ。楓も嫉妬の鬼になっていたが、武直侯の子を身籠《みごも》った今は、堀井家の奥向きを牛耳《ぎゅうじ》る立場になり、お前にしたことを恥じて反省していると、文に書いているのだ。仲直りの意味も込めて招いているのだから、お前も水に流して、受けてやってくれ」

信義が口を挟む。

「一成は長男として、花が辛い目に遭っていることを思い悩んでいたのだ。おじ御が戻られると決まり、酷い仕打ちをされなくなった今こそ、飛び切り艶やかな姿を見せて、二度と悪さをする気にならぬようにしてやるのはどうだ」

「花お嬢様、信義様がおっしゃるとおりです」

お梅にも背中を押された花は、それで一成の気がすむならいいと思い、うなずいた。

「よし決まり」

光代が手を打ち鳴らした。

「花様は少しだけ背が高くなられたようですが、お茶会には必ず間に合わせますから、楽しみにしていてくださいね」

採寸をしながらそう言った光代は、嬉しそうな顔をして帰っていった。

四

それから時が経ち、花にとっては憂鬱《ゆううつ》な茶会の朝を迎えた。

昨日の雨が嘘のように、爽《さわ》やかな青空が広がっていた。風は少し冷たいが、梅の香りが春を感じさせてくれる。

身重の楓が暮らしている堀井家の中屋敷は、庭が広大で、白鳥が冬を越せるほどの池もあり、森は深く、住み着いている鳥のさえずりが聞こえてくる。

自ら庭の案内をした楓は、白鳥を呼び寄せて餌《えさ》を与えて見せ、感動の声をあげる桜と霞に得意顔になって、この冬に餌付《えづ》けをしたのだと言った。

「ここに来れば、気が晴れるのよ」

つわりが酷かったのだという顔も、今の立場を誇っているようだった。それもそのはず、この広大な中屋敷は楓が仕切っており、武直は上屋敷から足繁《しげ》く通っているのだ。

離れた場所から幸せそうな顔を見ていた花は、楓とふいに目が合った時、鋭い光を感じて思わずそらした。

足音が近づいたので顔を上げると、楓が手を差し伸べてきた。

「そんなに遠慮をしないで。わたしはお前と仲直りがしたくて呼んだのだから。あのことは、もう忘れましょうよ。ねえ花、姉妹が仲たがいをしたままだと、この子が悲しむと思うの」

本心かどうかわからないが、子供のことを出されては、花は拒《こば》めない。

こくりとうなずく花に、楓は安堵したように言う。

「よかった。それにしても、美しい着物だこと。藤殿に新しく作ってもらったの」

花が曖昧《あいまい》な返事をするのを見ていた桜が、話を切るように楓に声をかけた。

「池のほとりは風が冷たいから、母屋に戻りましょうよ」

「そうね。そろそろ皆さんが集まる頃だからそうしましょう。花もおいで」

手を引かれて母屋に戻った花は、茶会の支度が調《ととの》えられた広間に通された。招かれた者たちが集まっており、主役の楓が入ると、揃《そろ》って頭を下げた。

十徳《じっとく》を着た茶人らしき身なりをした壮年の男が声をかけた。

「奥方様、本日はお招きいただき、嬉しゅうございます」

諂《へつら》ったような笑みを浮かべ、床《とこ》の間を背にして座っている男にも頭を下げた。

満足げにうなずくのは、あるじの武直だ。名門の殿様らしく、聡明そうな面立《おもだ》ちをしており、四十を過ぎているはずだが、年よりは若く見える。

「若いおなごを相手にして、子まで授かったから若返ったのでしょうね」

藤が小声で瑠璃に言ったのが耳に届いた花は、聞こえていないふりをした。広間は二十畳を超える広さがあるため、上座にいる武直に藤の声は届いていないようだった。

楓を褒《ほ》める茶人の言葉に、武直は嬉しそうな笑顔で答えている。

花は、侍女に促された席に着いた。香りに誘われて外を向けば、表の広大な庭に咲く梅の花を眺められる。

花は茶会だと聞いていたが、実のところは茶事であり、初めに料理が出された。

女中たちが次々と並べる膳《ぜん》は、花がこれまで見たことがない豪華な料理ばかりで、大名と旗本の違いを見せつけられているような気がする。

会がはじまって早々、家来が武直のところに来て耳打ちをした。

真顔で応じた武直は立ち上がり、

「方々、本日は無礼講ゆえ、こころゆくまで楽しんでくれ」

急な来客を告げて席を外した。

客たちは、気兼ねをする相手がいなくなったことで場が一気に和《なご》み、酒が入ったことで次第《しだい》に声が大きくなってゆく。

誰よりも勢いを増したのは、楓の母、富だ。武直がいる時は常に笑みを絶《た》やさずつつましく、花は別人を見るような気持ちでいたのだが、側近の家来たちまでもがいなくなり、ほぼ身内だけになるやいなや、顎《あご》を上げて、人を見くだしたように言う。

「藤殿、食事は口に合いますか」

勝ち気な藤は、広大で見事な屋敷を見て思うことがあるのか、三の膳まで並んだ大名御膳に、まったく箸《はし》を付けていなかった。

勝ち誇ったような笑みを浮かべる富は、続いて花を見てきた。以前と変わらぬ、仇でも見るような眼差しが恐ろしくなった花は、下を向き、食事をする気も失《う》せて、色鮮やかな模様の箸置きに箸を揃え、両手を膝に置いた。

楓が言う。

「花、怖がることないのですよ。毒は入っていませんから、召し上がれ」

視線を感じて顔を上げると、皆に見られていた。壮年の茶人は、物騒な言葉に目を白黒させ、横にいる客の男に、何ごとかと訊いている。

訊かれた客は、ちらりと花を気にするように見てくると、事情を知っているのか、茶人に小声で何やら話しはじめた。

すると茶人は、花を見る目が厳しくなった。ここにいる者たちは、楓の味方なのだ。

断ることも許されず来てしまった花は、身が縮む思いになり、食事をすすめられて箸を取ったものの、口の中がからからに渇き、まったく味がしない。

藤が誘いを断ることを許さなかったのは、姉妹と同等の扱いをするためではなく、針のむしろに座らせるためだったのだろうかと考えてしまう。

だが楓と富は、それ以上花に絡んでくることはなかった。藤と花が、せっかく支度した食事を喜んでいる風ではなかったため、不満だっただけのようだ。

霞があっけらかんとした様子で料理を褒めると、楓は満足し、富は台所方に厳選させた食材だと自慢げに言う。

場が和み、自分が構えすぎたと反省した花は、料理をおいしく感じられるようになり、霞と談笑をしていた。

「遅れて申しわけない」

聞き覚えがある声に顔を向けた花は、息を呑んだ。裃《かみしも》を着け、名門の若君らしい出《い》で立《た》ちの勇里だったからだ。その横には、女がいる。見目麗しき、というのはこの人のためにあるのだろう。そう思わせるほど美しい女は、勇里の許嫁《いいなずけ》の頼姫だ。

勇里はこの場に花がいると思わなかったのか、目が合うと驚いた顔をした。だがそれはほんの一瞬であり、姉たちに負けぬ花の身なりを見て、安堵したような顔になった。

気まずそうにする花の様子をじっと見ていた楓が、小さな笑みを浮かべている。その表情は晴れやかだった。

そんな楓の態度には、意趣返しがうかがえる。

花のせいで信義に嫁げなくなったと、楓は今も逆恨《さかうら》みしているに違いない。

真島家の者なら、誰もがそう思うだろう。

花もそんな風に感じながら、ふたたび誰の顔も見ることができなくなり、この場から逃げるように立ち上がった。

「花、どこに行くのです」

目ざとく言ってきたのは桜だ。顔はいつもと変わりなく怒っている。

憚《はばか》りに行くとは言えず、花は答えることなく部屋を出ていった。

睨むように見送る桜に、楓が余裕綽《しゃくしゃく》々で声をかける。

「桜お姉様、聞きましたよ。花は父上に守られて、近頃いい気になっているそうですね。でも、自分よりいい着物を着ているからって、そう目くじらを立てていると、わたしのように仕返しされますよ。まあ、今となっては、信義様に嫁がなくてよかったと思っていますけど」

大名の子を孕《はら》み、大勢の侍女に世話をされている楓は、真島家にいた頃よりも艶やかで、女としての幸せの絶頂にいるように思える。

そのことも腹立たしいはずの桜は、皆の目を気にした。客たちは、遅れて来た勇里と頼姫にあいさつを兼ねて話をしており、こちらに向いていない。

桜は楓のそばに膝行《しっこう》し、声を潜めて告げた。

「花が幸せそうなのは、父上が戻られるからだけだと思ったら大間違いよ」

楓は眉間に皺《しわ》を寄せた。

「勇里殿に嫁げなくなり家にいるしかないのに、他に何があると言うの」

「決まっているでしょう。花は父上が戻られると、信義様から縁談を申し込まれるのよ」

「えっ」

顔色を一変させる楓に、桜はそれみたことかと続ける。

「花はまだ知らないけど、母上と瑠璃さんが話を進めているのよ。花にしたことを父上に告げ口されるのを恐れて、信義様に嫁がせようとしているの。こんなことになるなら、勇里殿に嫁がせておけばよかったのに、余計なことをしてくれたわね」

桜が恨みをぶつけると、楓は動揺を隠せなくなった。

「まさか、そんな……」

「母上と富さんは、花に対してやりすぎたのよ。おかげでわたしは、お先真っ暗」

唇を噛んで涙ぐむ桜を外に連れ出した楓は、人目がないところまで引っ張って行くと、本性のまま地団太《じだんだ》を踏んで悔しがった。

「わたしが嫁げない信義様には、真島家の誰とも一緒になってほしくなかったのに」

桜は涙を拭い、楓を挑発するように微笑んだ。

「残念ね。今日は花に見せつけるために勇里殿まで呼んだのでしょうけど、父上が戻れば、大逆転よ。勇里殿だってそう。家格も人望も信義様には敵《かな》わないから、花を娶らなかったことを後悔し、邪魔をした楓を恨むでしょうね」

「わたしのせいだと言うの」

「他に誰がいるのよ」

「わたしは、みんなも喜ぶと思って……」

「父上に告げ口する文を送ったのは、瀬那様よ。勇里殿が花を救えない代わりに、父上に助けるよう言ったに違いないと、母上と瑠璃さんが話していたわ」

楓はそれについて口を開こうとしたが、廊下に人の話し声がしたため、障子を開けて桜と座敷に入り、閉めて身を潜めた。

女流の茶人と、もう一人の声は瑠璃だ。

二人は親しそうに話しながら歩いてきたが、会話の内容は、花を褒めている。

「今日一番の召し物は、花お嬢様ですね。季節を先取りした菖蒲《あやめ》の模様の美しさはさることながら、よくお似合いで」

褒める茶人に、瑠璃が閉められている障子をちらと見て、紅をさした唇を開く。

「ここだけの話、花のは楓さんの着物よりも数段値が張る生地ですから、兼続殿の溺《でき》愛《あい》ぶりは、五人姉妹の中でも差があるのです。わたしの娘なんて、一番粗末な着物ですよ」

「そのようなことはないでしょう。霞殿は凛《りん》としていて、地味目の着物のほうが清楚《せいそ》でよくお似合いです」

話し声が遠ざかったところで、楓は障子を開けて廊下に顔を出した。誰もいないのを確かめると出てきて、桜を奥御殿に連れていった。

楓が暮らしている奥御殿は、真島家とはくらべるまでもなく大きくて、調度品も高価そうなものばかりだ。

「これは、大名道具というのね。美しい」

桜がため息をつくのは、蒔絵《まきえ》を施された簞笥《たんす》だ。触れるのを躊躇《ためら》うほど光沢があり、見ているだけでうっとりしたような目をしている。

花と信義の縁談を知らなければ、楓は優越感に浸っていただろう。だが今は、険しい顔をして考えている。

遠くから犬が吠《ほ》える声が聞こえてきた時、楓は何かを思い付いたらしく、控えている侍女を呼ぶと、耳打ちした。

侍女は戸惑《とまど》ったような顔をしたが、それは一瞬であり、楓に真顔でうなずいて出ていった。

桜が問う。

「意地悪な顔をしているけど、何をするつもりなの」

「わたしよりいい着物を着るなんて、許さないから」

楓は唇を歪めてそう言うと、桜に語った。

五

席を外して、外の空気に触れていた花だったが、いつまでもこうしていられるはずもなく、宴席に戻った。

膳の前に座るなり、霞が身を寄せてきた。

「さっきから奥方様が、花の自慢ばかりしているのよ」

驚いた花が藤を見ると、女流の茶人や詩人たちを相手に饒舌《じょうぜつ》に語っている。聞こえてくるのは、花の着物のことだった。

きっかけは、富の自慢だったのだと霞が教えてくれた。

これまで富と楓を下に見ていた藤にとって、大名家の豪華な暮らしを見せられるのは耐えがたいことなのだろう。屋敷からあまり出ず、遠くへ行くこともないのだからまったくもって狭い世界の話だが、武家女の楽しみは、着飾ることだと言えよう。特にこういう場では、簪《かんざし》や櫛《くし》で飾り、取って置きの着物を纏《まと》って見栄を張る。富と楓に負けたくない藤は、桜はもちろん、忌み嫌っているはずの花が身に着けている着物まで引き合いに出して、自慢をしているのだ。

それに負けじと張り合う富も、己を追い出した真島家の人間には負けたくないのだ。旗本とは違う大名家の暮らしぶりを自慢し、周囲の者を巻き込んでいる。客たちは話を聞いてやり、造り笑顔で相槌《あいづち》を打ち、時には羨ましがったりもしているのだが、目は疲れている。

そんな客たちの胸のうちが読めた花は、くだらない自慢話に付き合わされて気の毒に思うのだった。そして勇里はというと、富の肩を持って藤の自慢に対抗する頼姫のそばに座っており、頼姫が同意を求めれば相槌を打ち、終始笑みを浮かべている。花とは一度も目を合わせようとしないのは、頼姫に気を使っているからだろう。

そんな勇里の前にいる頼姫は、藤が自慢をするものだから、花に向ける目つきが冷たい。

この二人の態度は、縁が切れた花にとっては、かえってありがたかった。勇里もきっと、そこのところがわかっているような気もする。

――おれのことは忘れてくれ。

言葉にせずとも伝えたいのだろう。そういう気遣いができるのが勇里だと、花は思っている。

こちらを見ない勇里から目を転じれば、桜と楓がいつのまにか自席に戻っていた。並んで座る二人は、大きな声でしゃべる藤と富のことを興ざめしたような顔で見ており、桜は藤が花を褒めるたびに、敵意をむき出しに白い目を向けてくる。

――もうやめて。

花はこころの中でそう叫んだ。そして、確かに生地が上等な己の着物を見ているうちに、ふと、この着物を届けに来た光代の言葉を思い出した。

「お父上がこれまで、ふき様と花お嬢様に辛く当たられる藤様をきつくお咎《とが》めにならなかったのは、藤様を恐れていたからではないのですよ」

てっきりそうだとばかり思い、頼りない父だと悲しんでいた花は、えっ、と言い、驚いた顔で振り向いていた。

それは昨日のことだ。

庭を背にして座る光代が、目に涙を浮かべて語ったのは、藤たちに気を使っていたふきが、ふきと花に辛く当たる藤と富の悪意に満ちた所業が見逃せぬと怒り、二人を厳しく罰しようとした兼続を止めていたことだった。

自分は長く生きられないから、この世を去った時、兼続に咎められた藤たちの恨みが遺《のこ》された花に向けられるのを、何よりも恐れていたのだという。

光代の話を聞きながら、花は考えていた。父が江戸を発《た》つ前に、母と二人だけで話をしていたことを。

兼続はふきに心配させぬために、手をにぎり締めて、遺される花を辛い目に遭わさぬと約束していたに違いない。

だが兼続は、江戸へ帰るのも延期になり、遠く離れた地で花を案じていたところ、瀬那から花の窮地を知らされ、急ぎ大橋を戻したのだ。

花が自分の考えを打ち明けると、光代はとめどなく流れる涙を拭いて、微笑んだ。

「花お嬢様のお考えのとおりだと思います。お母様がきっと花お嬢様を守ってくださいますから、明日は胸を張って、この着物で茶会にお行きください」

光代に微笑んでうなずいたものの、花は切ない気持ちになった。大坂に行く前に、藤たちに花のことを厳しく言ってくれていれば、辛い目に遭わなくてもすんだはずだと思ったのだ。

そのいっぽうで、火急の沙汰により忙しくなり、奥向きのことまで気が回らなかったのかもしれないと考えた花は、今この時、上等な着物を着させてもらっていることに感謝し、父を恨む気は毛頭なかった。

だけども、あれだけ酷い目に遭わせていた藤が、花を自分の娘のごとく他人に自慢する姿は、見ていられない。閉じることのない藤の唇が、金切り声をあげていたあの時の唇と重なり、胸が苦しくなる。

「花、顔色がよくないわね」

ふいにかけられた声に、はっと我に返った花が振り向くと、心配そうにしている楓がいた。

花は胸を押さえた。

「大丈夫です」

気持ちとは裏腹に、声が震えてしまう。

「嘘をおっしゃい。花は嫌なことがあると呼吸が乱れるのだから、外の空気を吸わないとだめ。さ、おいで」

急に姉面《づら》をしてくる楓に腕を引かれるまま立ち上がった花は、廊下に出た。

付いてこようとした霞を、楓は止める。

「あなたは瑠璃さんの相手をしてあげなさいよ。寂《さび》しそうだから」

一人でぽつねんと座っている瑠璃は、自慢争いを遠巻きに見ている。

霞はうなずき、母親の横に行って声をかけ、藤たちを気にすることなく二人で談笑をはじめた。

「奥御殿の庭を案内してあげる」

楓に言われて、花はその気になった。大名屋敷を初めて見た花は、奥御殿にも行ってみたいと思っていたのだ。

楓に連れていかれた奥御殿は、武骨な雰囲気がある表御殿とはまったく違って、襖絵も明るく、描かれた山野の景色も和やかで、見ているだけで楽しくなる。

楓の部屋には、京から取り寄せたものだという打掛《うちかけ》が飾ってあった。紅綸子《べにりんず》には、雅な宮中の暮らしを想像させる花車が刺繡《ししゅう》してあり、藤の自慢が恥ずかしくなるほど、美しいものだった。

「綺麗」

素直に感動して目を輝かせる花を、楓は嘲《あざけ》るような笑みを浮かべて見ている。

目が合うと、楓はその闇の光を打ち消して明るい顔で微笑み、外に誘った。

表から繋がっている池には鯉《こい》が泳ぎ、石橋を渡った先には、茅葺《かやぶ》きの建物がある。

楓が誘う。

「藤殿の自慢を聞くより、あそこでお茶をいただきましょう。勇里殿の顔も見たくないでしょう。殿がどうしても呼ぶとおっしゃったから、止められなかったの」

手を合わせて詫びられた花は、いいのですと答えた。

「さ、行きましょう」

楓に背中を押された花は、池に架けられている石橋を渡りはじめた。一人がやっと通れる幅だが、用心を要するほど狭くはないため、花は池を泳ぐ鯉を見ながら進んだ。

後ろで渡らずに見ていた楓は、茶室の陰に潜んで指図を待つ侍女にうなずく。

応じた侍女は引っ込み、犬を放した。

花が気配に気付いて前を向くと、茶室の向こうから、茶と黒のまだら模様の犬が出てきた。

「どうして……」

犬が偶然そこにいたかのごとく、驚いたように声をあげたのは楓だ。

「花、人に馴《な》れない犬だから逃げて」

だが時遅く、花を見つけた犬は激しく吠え、牙《きば》をむき出して走ってきた。

楓がほくそ笑む。花は犬を恐れて慌てるはずだから、そのどさくさに紛《まぎ》れて侍女が池に突き落とす手筈《てはず》になっている。

新調したばかりの、藤までもが自慢する着物を台無しにしてやる。

そうくわだてた楓は、犬に吠えられている花のことを、石灯籠《いしどうろう》に隠れて見ている桜と微笑み合う。

そして楓が、侍女に目配せする。

犬を止めるふりをして突き落とすべく、侍女が橋に急いだ時、犬が吠えなくなった。

侍女は目を見張り、戸惑った顔をした。

「楓お姉様、この子は可愛いですね」

花がそう言って、犬の頭をなでているからだ。

尻尾《しっぽ》を振り、花の前でちょこんと座った犬を見た楓は唇を噛みしめた。犬は初めて見る相手には決して気を許さず、噛まれた者さえいるからだ。

「わたしにも馴れていないというのに、どうして……」

花に甘えたように鳴き、手まで舐《な》めはじめたのを見てまた嫉妬心がふつふつと湧いた楓は、くるみほどの大きさの石を拾い、怒りをぶつける。

「この馬鹿犬」

投げた石を当てるつもりはなかったのだが、花に尻尾を振っていた犬に当たった。

落ちた石を見た犬は、投げた楓を敵とみなして唸《うな》り、激しく吠えながら向かってきた。

楓は犬を恐れて下がったのだが、敷石につまずいて池に落ちそうになった。犬を追ってきていた花は、背中から池に落ちそうになっている楓の身体を支えて押し返す。自分はその反動で池に落ちてしまった。

水面から没した花の目には、青空と陽光が揺れて見える。水は冷たかった。鼻から水が入ってつんとし、息が苦しくなったので両手を無我夢中で動かして上がろうとしても、着物が重くて身体が沈む。

足は底につかなかった。必死にもがいているうちに顔が水面から出たため、なんとか息を吸い込んだ。だが、助けてという声が出せず、また沈んでしまう。

楓は、花が泳げないのを知って慌てた。

「早く助けて」

命じられた侍女は、犬を繋いでいた縄を投げようとしたのだが、陰から出てきた桜が止めた。

「人を呼んだほうが早いから、行きましょう」

口ではそう言っているが、溺《おぼ》れている花を見ようともしない。

「でもお姉様……」

「いいから早く」

桜は楓の手をつかみ、侍女を促してその場を離れた。

溺れる花を心配しているのは犬だ。

岸辺に来て激しく吠えては、なんとかしようとうろうろしている。

そこへ通りがかった若い藩士が、池に落ちている花に気付いて愕然《がくぜん》とし、

「大変だ」

助けに行こうとした時、先に池に飛び込んだ者がいた。

力尽きて沈んだ花をつかんで引き上げたのは、飲んだくれの若様こと早水《はやみ》遼太郎《りょうたろう》だった。

花を池から上げた早水遼太郎に、藩士が声をかけようとしたところ、

「このままでは凍えるから、早く着替えを持って来い」

そう言われて、藩士はその場から立ち去った。

早水遼太郎は、息をしていない花を助けるために背中をたたいた。

「水を吐き出せ」

帯を解き、急所を指で押してやると、花は水を吐き出した。

意識を取り戻した花は、心配そうな顔を見て目を見張った。

「どうして……」

飲んだくれの若様が、と言いかけて、花は口を閉ざした。抱き上げられたからだ。

己を茶室に運ぶ早水遼太郎の横顔を、花はぼうっと見た。中で下ろされた花は、ずぶ濡れのまま三つ指をついて頭を下げた。

「早水様、お助けくださり、ありがとうございます」

「何があったのだ」

問う早水遼太郎の表情は厳しいが、眼差しは優しい。

「足を踏み外しました。もう大丈夫です」

楓がいなかったため、花はそう誤魔化した。

「優しいな」

そう言った早水遼太郎は、寒いかと訊いてきた。

花は首を横に振った。こころが温かかったからだ。

「あなた様は、どうしてここに。茶会に招かれたのですか」

早水遼太郎は立ち上がった。

「ここの殿様に、野暮用があったのだ。おれが助けたということは誰にも言わぬように」

誤魔化された気がした花は、それ以上は訊かなかった。

ようやく茶会の席に戻った桜が、藤に切羽詰まったような声を張った。

「母上、犬と遊んでいたら花が池に落ちたので助けてください」

場が一瞬静まる中、勇里が立ち上がる。

「確かここの池は深いはず。急がないと死んでしまうぞ」

「花に何かあれば、わたしたちは無事ではすみませんよ」

瑠璃に言われて卒倒しそうになった藤は、金切り声をあげて助けを求めた。

皆が池に行くと、茶室の外で控えていた藩士が告げた。

「花お嬢様は、中で着替えておられます」

何があったのか見ていなかった桜が問う。

「花は、一人で池から上がったのですか」

藩士は真顔で答える。

「浮かんで来られたところを、我らがお助けしました」

着物が濡れていない藩士は、そう誤魔化した。早水遼太郎から口止めをされていたのだ。

安堵した楓は、止める桜の手を振り払って茶室に入った。

着替えを手伝っているのは、悪事を知らぬ侍女だ。

帯を締め終えたところで侍女を下がらせた楓は、二人きりになると泣いてあやまった。

「ごめんなさい、わたし……」

座って平伏しようとした楓を止めた花は、怒るどころか、微笑んで言う。

「池に落ちたのがわたしでよかった」

「花、どうして怒らないのよ」

「相手は犬ですもの。元気な子だったから、はしゃぎすぎたのでしょう」

「花……」

「姉上、犬を責めないでやってください」

頭を下げる花に楓は驚いたものの、

「そう……、そうよね」

安堵した顔をする。

顔を上げた花は、楓の腹に目をとめた。

「お腹を触ってもいいですか」

楓は、己の腹を愛《いと》おしげに見た。

「花があの時助けてくれなければ、今頃どうなっていたかと思うと怖い。まだ大きくはないけれど、この子も喜ぶと思うから触って」

触ろうとした花は、くしゃみが出たので離れた。

「風邪《かぜ》だといけないから、楓お姉様に移ると大変。一足先に帰らせてもらいます」

花が茶室から出ると、外にいた勇里が歩み寄ってきた。

「またやられたのか」

心配する勇里の横に、頼姫が来た。恋敵《こいがたき》でも見るような目を向けられた花は、勇里に真顔で頭を下げた。

「騒がせてごめんなさい。うっかり足を踏み外しました」

「まったく、茶会を台無しにして……」

言ったのは藤だ。

「ごめんなさい」

「あやまってすむことですか」

「まあまあ、そう怒らずに」

止めたのは、あるじの武直だ。後ろ手にして歩んできた武直が、花のことをまじまじと見て、目を細める。

「なるほど、そなたが花殿か」

なるほど、という意味はわからないが、花は恐縮して頭を下げた。楓と桜がたくらんでいたとは、この時も思っていないのだ。ふたたびくしゃみが出たため、花は下がって告げる。

「お先に、帰らせていただきとうございます」

「楓を助けてくれたそうだな。礼を言うぞ」

「いえ」

「これに懲《こ》りず、またいつでも顔を見に来てやってくれ」

思わぬ言葉に花は戸惑ったが、武直の優しい顔に裏はないように思えた。

花は笑顔で応じて、待っていたお梅と共に藩邸をあとにした。

晴れた空の下を、花が乗る駕籠《かご》が番町《ばんちょう》に戻ってゆく。

付かず離れず、駕籠の後ろを歩いているのは早水遼太郎だ。

腕組みをして歩く早水に歩み寄った側近が、探るような顔で問う。

「若、濡れた着物のままでは風邪をひかれますぞ。帰りましょう」

「これぐらいで風邪をひくものか。暑いくらいだ」

「それはこころがですか」

「何」

睨むあるじに、側近は両手を向けて離れた。

前を向くあるじに続く側近が問う。

「若、今日もそれがしの爺様《じい》の名を使われましたが、どうしてですか」

若と呼ばれたあるじは、花が乗っている駕籠から目を離さない。

その目線を追った側近は、嬉しそうに口を開く。

「ひょっとして若は、あの娘に気があるのですか」

若は立ち止まり、じろりと側近を睨む。

「あるじに軽口をたたいた罰だ。江戸城の外堀を一周走ってこい」

「えぇ」

いやそうな顔をする側近に対し、若は怒気を浮かべる。

「早く行け」

「痛い」

尻を蹴られて飛び上がった側近は、図星だ、などと言いながらも、命令に従って走り去った。

他の家来たちは、引き続き花の駕籠を見守る若に黙って従い、番町へ続く道を歩いていった。

そして、花が屋敷に入るまで見守った若は、

「今日は、無事に戻れたようだな」

そう独《ひと》りごち、安堵の笑みを浮かべて門前《もんぜん》を通り過ぎてゆくのだった。

# 第二章

# 母の仇《かたき》

# 一

茶会から半月が過ぎた。

その後花《はな》は、誰からも辛《つら》い仕打ちをされることなく、離れでお梅《うめ》と穏やかな暮らしを続けている。

外から戻ったお梅が、嬉《うれ》しそうに言う。

「花お嬢様、奥御殿の庭の桜の蕾《つぼみ》がほころびはじめていました」

本を閉じた花は、雲雀《ひばり》のさえずりが聞こえる外を見た。

「今日も暖かいから、もうすぐ咲くかしら」

楽しそうに言うお梅は待ち遠しいようだが、花にとって、奥御殿の桜はあまりいい思い出がない。藤《ふじ》に呼ばれて行く時にはいつも、重い気持ちで桜の木の下を通っていたからだ。

正直、見たくもないのだが、お梅には言わず、読書に戻った。

あの茶会で池に落ちた時以来、花のこころの中には、助けてくれた人がいる。

夜中には、池の中でもがいている夢をいつも見るのだが、悪夢にうなされるのではなく、助けてくれた早水《はやみ》の真剣な顔と、安堵《あんど》した優しい表情が、ぼんやりと思い出されるのだ。

意識がはっきりする前に見た茶色を帯びた瞳と、腕の温《ぬく》もりは、夢ではないはず。本を読んでいても、ふと思い出してしまう花は、物語から逸脱して、夢か現実なのかを考える日が続いている。

あの人はどうして、堀井《ほりい》家の屋敷にいたのだろう。野暮用とは何なのか。次に生じた、素朴《そぼく》な疑問だ。しかも、自分が助けたことは誰にも言わないよう口止めまでされているため、もんもんとする。

堀井家の家来が、早水に対して気を使っていたように思える花は、年は離れているが、堀井武直《たけなお》の友なのだろうかと思うのだった。

ではなぜ隠す必要があるのだろう。

お梅と二人で、新芽が出ている庭の雑草を抜きながら考えていた花は、足音がしたので顔を上げた。歩いてきたのは、信義《のぶよし》だった。

立ち上がって頭を下げる花に、信義は爽《さわ》やかな笑みを浮かべる。

「まだそんなことをしているのか。お梅にやらせておけばよいではないか」

花が振り向くと、家の近くでしゃがんでいるお梅には、聞こえていないようだ。

「わたしが好きでしていますから」

そう答える花に、信義は不満げな顔をする。

「そうやって下働きをするから、奉公人に蔑《さげす》まれるのではないか」

今日はなんだか、腹の虫の居どころが悪そうだ。

「何かありましたか」

思ったことを訊《き》く花に、信義はため息をつく。

「一成《かずなり》から聞いたのだ。堀井家の池に落ちたそうだな」

「はい」

「どうしてそうなったのか訊いても一成は教えてくれないから来たのだ。いったい何があった。また誰かにやられたのではないのか」

花は言うはずもなく、犬と遊んでいてうっかり落ちたのだと笑った。

だが信義の表情は硬い。

「わたしに隠さなくてもいいだろう。ほんとうは何があった」

「嘘《うそ》ではありませぬ」

花は話を切るため、草取りに戻った。その手をつかんだ信義が、指に付いている土を払い落とし、手をにぎって離れに連れていく。そして、気付いて頭を下げるお梅に、信義はきつい口調で責める。

「花に下働きをさせるとは何ごとだ。分をわきまえぬか」

いつになく厳しい信義に驚いたお梅は、地べたにうずくまった。

「もうしわけありませぬ」

「いいのよお梅」

花は腹が立った。

「信義様、わたしが好きでやっているのですから、お梅を叱《しか》らないでください」

すると信義は、表情を一変させて穏やかになった。

「やはり一成が言ったとおりだ。前より強くなったな」

「えっ」

信義は、お梅の腕を引いて立たせた。

「それが確かめたくて、強く言ってみたのだ。許せ」

お梅は、きょとんとした顔をしている。

信義は縁側に腰かけ、持っていた風呂敷《ふろしき》包みを置いた。

「新しい本を手に入れたから持ってきた。藤殿は、いやなことを言ってこないか」

安堵していた花は、うなずいた。

「いい意味で、放っておかれています」

そう言ったのはお梅だ。

笑った信義は、嬉しそうに言う。

「お前たちは、ほんとうに仲がいいのだな。お梅、花が嫁に行ったらどうする」

するとお梅は、目をきょろきょろさせた。

「寂《さび》しいですが、花お嬢様にとって良縁だと嬉しいです」

「供をしたいか」

「もちろんです。許されるなら……」

「そうか」

お梅は花を見て、信義に遠慮《えんりょ》がちに言う。

「どうして、そのようなことをおっしゃるのですか」

「あまりに仲がいいから、訊いてみただけだ」

信義は優しい口調で微笑《ほほえ》むと、お梅が茶を出すのも断り、邪魔をしたと言って帰っていった。

届けてくれた本は三冊で、花が読みたいと思っていたものばかりだった。

喜んだ花は、ふと視線を感じてそちらを向く。だが庭の向こうにある小道には、誰もいない。気のせいかと思い縁側に上がった花の背後で、植木の枝が揺れた。

様子を探っていた人影は、足早に奥御殿のほうへと向かう。

まったく気付かない花は、信義がくれた本を書棚に納め、ふたたびお梅を手伝いに外に出た。

するとお梅は、下男から荷物を受け取っていた。

花に気付いた下男はぺこりと頭を下げ、足早に去ってゆく。

お梅が戻り、竹編みの笊《ざる》を見せた。

「台所方から蕎麦《そば》が届きましたから、昼餉《ひるげ》にいただきましょう」

蕎麦は、花の好物のひとつだ。

濃いめの出汁《だし》をかけ、かまぼこと柚子《ゆず》をのせたのは母の味。思えば、母が亡くなってから一度も口にしていない。

「美味《おい》しそう」

お梅が作ってくれたのは母の味に近く、温かい蕎麦をすするうちに、母とはもう一緒に食べられないのだと思うと目頭が熱くなった。

「お嬢様……」

心配するお梅に、花は微笑む。

「あまりに美味しいから、つい……」

涙は流さないと決めている花は笑みを浮かべて、お梅と蕎麦を食べた。

片づけは二人でして、昼からは本を読んでいた花は、のんびりとできる今を喜び、お梅を誘って座敷で大の字になった。

二人で並んで、天井板の年輪が何本あるか数えるなど、くだらない遊びをして笑った。

ふと気になった花は問う。

「ねえお梅」

「はい」

「信義殿がおっしゃっていたことだけど、もし、もしもよ、わたしがどこかに嫁《とつ》ぐことになった時は、一緒に来てくれる」

お梅は身を起こして、こくりとうなずく。

「許されるなら、ずっとそばにお仕えしたいです」

「まだ先のことだとは思うけど、その時までお梅が嫁いでいなかったら、一緒にこの家を出ましょう」

「そんな、わたしはどこにも嫁ぎませんから、一生お嬢様のそばにいます」

ずっとこの家にはいられない。

なんとなくだが、そう思うようになっていた花は、お梅の手をにぎった。

「約束ね」

「約束です」

嬉しそうにするお梅とこころをひとつにできた気がした花は、ふたたび二人で大の字になり、いつか旅もしてみたいと、夢を膨《ふく》らませるのだった。

庭で花を呼ぶ声がしたのは、それから一刻《とき》（約二時間）が過ぎた頃だ。旅の本を読んでいる花の横でお梅は寝息を立てていたが、飛び起きて縁側に出ていった。

「お梅、そこにいたのですか」

声がお樹津《きつ》のものだと思った花は、今は何もされないとわかっていても、息が苦しくなり、本を持つ指先が震えた。

「花お嬢様」

お樹津が庭から呼ぶ声に、花は身構える。

勝手に上がってきたお樹津は、やはり前とは違って、背中を丸め、恐れたような目で花を見てきた。

「お菓子をお届けに上がりました」

人が変わったように縁側から近づかないお樹津は、花に諂《へつら》う態度だ。

そんなお樹津に、お梅はつっけんどんに応じて受け取り、掛けられていた白い布を取って眉間《みけん》に皺《しわ》を寄せた。

「これはなんですか」

厳しく問うお梅にお樹津は笑みを浮かべ、花に三つ指をつく。

「ふき様がお好きだった、香でございます」

それは滅多に手に入らない品だと知っていた花は、お樹津を睨《にら》んでいるお梅に持ってくるよう言い、手に取った。

青みがかった色の四角い形は、確かに、兼続《かねつぐ》が母のために手に入れていた香に間違いない。

「これを、どうやって手に入れたのですか」

問う花に、お樹津は媚《こ》びを売るような笑みで答える。

「奥方様に言われて、蔵の奥にしまっていたのを花お嬢様のために出してきたのです」

「奥方様が、わたしのために……」

「はい。奥方様は、花お嬢様のことを気にかけておいでなのですから」

母が恋しい花は、にこやかに言うお樹津にうなずき、素直に受け取ることにした。

「あとで、お礼を言いに行きます」

「それには及ばぬそうです。ご遠慮なさらないようにとのことですから。では、わたしはこれで」

うやうやしく頭を下げたお樹津は、まだ睨んでいるお梅に対して不機嫌《ふきげん》な顔をせず、愛想笑いまでしていそいそと引き上げていった。

「怪しい」

油断しないお梅は、菓子を警戒して手に取った。

春らしい色の菓子は、うぐいす餅《もち》だ。

「お毒見を」

楊枝《ようじ》で切り分け、中に汚い物が仕込まれていないか真剣な目で確かめたお梅は、半分を口に入れて味を確かめ、莞爾《かんじ》と微笑む。

「甘くておいしゅうございますよ」

今にもとろけそうな顔が変で、花はくすくす笑った。

「今、お茶を淹《い》れてきますね」

台所に立つお梅を見送った花は、母が好んだ香りを嗅《か》ぎたくなり、香炉を手にした。砂の上に四角い香を置き、火を付ける。すると、懐かしい香りに包まれ、母を身近に感じるのだった。

「いい香り」

微笑んだ花は、そのまま意識が遠のき、横になった。

戻ったお梅が、倒れている花を見て湯呑《ゆの》みを載せた折敷《おしき》を落とし、駆け寄る。

「お嬢様！」

抱き起こされ、頰《ほお》をたたかれた花は呼び戻された。

「息が、できなくて」

苦しむ花を助けようとしたお梅は、急に息苦しくなり、咳《せ》き込んだ。

それでもお梅は、なんとか花を外に連れ出し、人を呼びに行くと言うので、花は腕をつかんで止めた。

「お香を、火を付けていないお香を持ってきて」

「でもお嬢様」

「お願い。煙を吸わないように気を付けて」

お梅は言われるまま、鼻と口を袖《そで》で覆《おお》って座敷に入ると、香の箱を取って戻った。

受け取った花は、朦朧《もうろう》とする意識の中で告《つ》げる。

「誰にも言わないで、四井《よつい》玄才《げんさい》先生のところに連れていって」

咳き込みながらも、懸命に立ち上がった花は、お梅の肩を借りて歩みを進め、裏門へ向かった。

次第《しだい》に息が苦しくなる花は、咳《せき》をしながら歩き、ようやく裏門へ到着した。だが、門番の勘七《かんしち》が立ちはだかった。

「花お嬢様を出してはならぬと、奥方様から厳しく命じられております」

お梅は、焦った声をあげる。

「見てわからないのですか。花お嬢様は苦しんでらっしゃるのですから、そこをおどきなさい」

だが勘七は、疑う目をする。

「仮病ではありませぬか。騙《だま》されませんぞ」

「違います！」

お梅がどかせようとしたが、勘七は押し戻した。

「勝手にお出しすれば、わしが奥方様に叱られるのだ。お嬢様、さ、お戻りくださ
い」

遂にお梅が怒る。

「そこまで言うなら、四井玄才先生を呼んで来て」

「わしはここを離れるわけにはいかん」

「ではどうしろと言うの。花お嬢様を先生に診《み》てもらわないと、このままでは……」

立っていられずへたり込んだ花を見たお梅が悲鳴をあげた。

「お嬢様！　どこが苦しいのですか」

「息が、できない」

喉《のど》から妙な音が出る花は、息が苦しくて目を閉じた。

それを見たお梅が、勘七をどかせて戸を開けたのだが、肩を六尺棒で打たれた。

激痛に呻《うめ》きながらも、花を助けるため外へ連れ出そうとするお梅に、勘七は舌打ち
をして、ふたたび六尺棒を振り上げた。

「わしのせいではないからな」

そう言って、頭めがけて打ち下ろそうとした勘七だったが、棒がびくとも動かない。

振り向こうとした勘七は、後ろ首を手刀で打たれて昏倒《こんとう》した。

「どうした。苦しいとはどういうことだ」

抱き上げられた花は、ぼんやりと顔が見えた。

「飲んだくれの、若様」

「どこが苦しいのだ」

花は答えようとしたのだが、意識を失った。


——強く生きるのです。

母の声で、花は瞼《まぶた》を開けた。ぼんやりと見えるのは畳だ。見知らぬ座敷で、布団に寝かされていると気付いた花は、身を起こした。激しい頭痛に襲われ、目をつむって眉間に皺を寄せた。あれほど苦しかった呼吸が、今は嘘のようにできる。喉が詰まった感じもなく、妙な音も出ていない。

早水遼太郎《りょうたろう》に助けられたのを思い出した花は、部屋の中を見まわした。お梅がいない。

ここはどこだろう。早水遼太郎の家なのだろうか。

立ち上がろうとしたのだが、眩暈《めまい》がして足から力が抜けた。たまらず仰向けになったのだが、まだ視界が揺れていて、気分が悪くなった。

近くに置いてあった桶《おけ》に嘔吐《おうと》した。その声を聞いたのか、廊下を急いで来る足音がするが、顔を上げられない。

「花お嬢様」

お梅が背中をさすってくれた。

少し楽になった花は、お梅が差し出してくれた懐紙で口を拭《ぬぐ》い、大きな息をした。

「もう大丈夫」

「白湯《さゆ》をどうぞ」

ぬるめの白湯で口をゆすいだ花は、桶に吐き出して、お梅に支えられて仰向けになった。

「ここはどこなの」

「玄才先生の診療所です」

早水遼太郎の姿はない。

「早水様はどこですか」

「玄才先生と難しい顔でお話をされていましたが、気付いた時には帰られたあとでした。お嬢様に代わって、お礼は申し上げております」

「おお、気が付いたか」

部屋に入ってきた玄才に、花は身を起こして礼を言おうとしたのだが、

「まだ起きてはならんぞ」

そう言われ、額《ひたい》に手を当てられた。

「熱も少しあるようだから、これを飲んで休みなさい」

薬を匙《さじ》で口に入れられた花は、あまりの苦さに顔を歪《ゆが》めた。

「我慢して飲みなさい。毒消しだ」

「毒……」

「さよう。もう少し遅ければ、助けられなかったかもしれぬほどの毒だ」

花は茫然《ぼうぜん》とした。薄々そうではないかと思っていたが、あの屋敷にはやはり、母を殺した仇《かたき》がまだいる。

そのことを玄才に言おうか迷ったが、玄才とて屋敷に出入りしている医者だけに、誰かに伝わるといけないと警戒して口を閉ざし、気になっていたことを訊いた。

「先生は、お助けくださった早水様のことをご存じですか」

すると玄才は、一瞬だけ目を泳がせたのだが、微笑んだ。

「何も心配せずに、ここでしっかり身体《からだ》を治しなさい」

「でも、お礼も申し上げていませんから」

「そのうちまた会えるだろう。なあ、お梅」

お梅はにこやかに応じる。

「二度あることは三度あると言いますものね」

今回で三度目だと思う花は、偶然とは思えないのだ。父に頼まれて、密《ひそ》かに守ってくれているのだろうかとも考えた。だけども、それならば屋敷内にいるはずで、毒にも当たらなかったのではないか。

いろいろ憶測しているうちに、薬のせいか、花は自然と深い眠りに落ちた。

二

花が眠っているその頃、真島《ましま》家の屋敷では、花とお梅が賊に連れ去られたと勘七が言い、大騒ぎになっていた。

藤が金切り声で勘七を責めた。

「どうして屋敷から出したのです！」

勘七は縁側のそばでうずくまり、言いわけをする。

「花お嬢様が、お身体の具合が悪いから医者に診てもらいに行くとおっしゃるものですから、仮病を疑いお止めしました。それでも出ようと戸を開けられ、揉《も》めておりました時にうしろから襲われて、不覚にも気を失っているあいだに連れ去られたのです。でも奥方様、わしは悪くありません。花お嬢様が抜け出そうとしたのがいけないんです」

花を虐《いじ》め抜いていた藤だけに、勘七は許されると踏んでいる。

ところが藤は激怒した。

「賊が裏門にいたことが問題です。門番として、なんの役にも立っていないではないか」

「申しわけありません」

「花に何かあれば、殿は決してお前を許しませぬ。間違いなく手討ちにされますぞ」

「そ、そんな……」

「それがいやなら、早く花を連れて帰りなさい！」

金切り声にびくりとした勘七は、額を地べたに当てて詫《わ》びた。

「何をしている。詫びる暇があったらさっさと捜しに行かぬか！」

「ただ今すぐに」

勘七は飛び上がるようにして、外へ出ていった。

「お前たちもです。早く行きなさい!」

藤が家来たちに命じるのを聞きながら、勘七は庭から出たところで背筋を伸ばし、ふん、と嘲《あざけ》る笑みを浮かべる。

「あれだけ虐め抜いたくせに、離縁されるのを恐れてやがる。自業自得じゃねえか」

走るのをやめて裏門に向かっていると、垣根の板のあいだから白い手が手招きしてきた。

勘七はあたりを警戒して、身を寄せた。板の隙間《すきま》に赤い着物が見えるが、顔はうまい具合に隠している。

「お美しいご尊顔を、拝したいものですな」

勘七は隙間から覗《のぞ》こうとしたのだが、顔を押し離された。その手をつかんだ勘七は、べろりと舌を出して舐《な》め、嬉しそうに言う。

「毒の効き目がいまいちだったようですな。逃がすつもりはなかったんですが、図《はか》らずも邪魔が入りやした。でも心配には及びませんぜ。花の行き先は、ちゃんとわかっているんだ。花を助けた野郎は誰か知りやせんが、四井玄才のところに運び込むのを手下が見ておりやすんで、お命は、今夜までです」

すると白い手を引っ込めた相手が、隙間から袱紗《ふくさ》包みを差し出した。

受け取った勘七は、小判の重みにほくそ笑んで懐《ふところ》に入れ、その場を立ち去った。

裏門から外に出た勘七は、弾む足取りで道を急ぐと、神田《かんだ》の町へとくだっていった。

寂れた通りから路地を入ったところにある仕舞屋《しもたや》の戸を開けると、奥から女の喘《あえ》ぎ声が聞こえてきた。

「ちっ、昼間からようやる」

台所に行き、酒徳利《さかどっくり》をつかんだ勘七は、板の間に上がって囲炉裏《いろり》のそばであぐらをかくと、湯呑みに注いでがぶ飲みした。

唇《くちびる》を袖で拭った勘七は、女の艶《なま》めかしい声を聞きながら仰向けになり、懐から袱紗を取り出して匂《にお》いを嗅いだ。

「長年相手にされず、熟した身体を持て余した女の匂いがするぜ」

などと言った勘七は、あくびをした。夜まではまだ時があるため、ひと眠りすることにして横向きになり、すぐに寝息を立てはじめた。

三

夕餉はお粥《かゆ》を食べるまで回復していた花は、お梅を隣の部屋で休ませ、一人で眠っていた。

足下にある障子が、音もなく開いた。隙間から中をうかがう黒い影は、花が目をさまさないのを見て足を踏み入れた。

有明行灯《ありあけあんどん》の薄明かりが照らすのは、全身黒ずくめの曲者《くせもの》だ。覆面から覗く眼差《まなざ》しは鋭い。

曲者は枕元に進み、色白の寝顔を見下ろす。

顔に曲者の陰がさしても、花は薬が効いているせいでまったく気付かず寝息を立てている。

曲者は己の懐から、水に濡らした手拭いを取り出した。

上に乗られた重みでようやく目をさました花は、声をあげる間もなく口と鼻を塞《ふさ》がれ、息ができなくなった。

殺される恐怖と息苦しさにもがこうにも、曲者の両足で両腕を押さえられている。足は布団にくるまれているため動かず、花は息ができない苦しみで、顔を真っ赤にしている。

意識が遠のき、もう死ぬのだとあきらめた時、目の前にあった曲者の覆面から呻き声がした。急に曲者の腕の力が抜け、手拭いが外れたことで息ができるようになった花は、激しく咳き込んだ。

「大丈夫か」

曲者をどかせて手を差し伸べてくれたのは、またもや……。

「早水様」

意識が遠のく花は、頬をたたかれて呼び戻された。同時に、殺される恐怖が蘇《よみがえ》った
花は、早水にしがみ付いて震えた。

「お嬢様！」

騒ぎに気付いたお梅が襖《ふすま》を開け、あっと声をあげた。

「騒ぐな」

早水が厳しく告げると、震えている花の背中をさすり、もう大丈夫だと言ってくれた。

その優しくて力強い声に、花はようやく落ち着きを取り戻し、早水から離れて頭を下げた。

「また、助けていただきました。お礼申し上げます」

平身低頭しようとする花の頭をつかんだ早水は、抱き寄せた。

「こんな時にまで頭を下げなくてもいい」

花は目を見張ったが、温かい胸に抱かれて動けなくなった。安堵して、身体に力が入らなくなったのだ。早水と共に来ていた四井玄才が、倒れた曲者の覆面を取るのをぼうっと見ていた。

するとと玄才が花に問う。

「この男に見覚えはあるかね」

花は首を横に振った。

恐怖の中で見た針のように鋭い目つきと、細面《ほそおもて》で眉毛が薄く、いかにも悪事を働いて生きていたような男の顔を、花は知らない。

「そうか」

残念そうな玄才が、男の顔に布をかけて隠し、花に向く。

「そなたは毒を盛られたうえに、こうしてまた襲われた」

早水が続いて花に問う。

「誰に命を狙《ねら》われているのだ」

「わからないのです。でも……」

言うべきか迷う花を見た早水が、気を利かせて男の足をつかんで部屋の外へ引きずり出し、障子を閉めた。

「これで聞こえぬぞ」

花はうなずき、思い切って打ち明けた。

「母も、誰かに殺されたのではないかと思います」

玄才が目を見張った。

「そんなはずはない、ふき殿は確かに、胸の病だ」

早水が玄才に厳しい声を発した。

「使われた毒の量が違うのではないか」

「まさか……」

「毒を盛られた花が、己の身をもって母親の死を疑っているのだ。違うか」

「うぅむ」

納得がいかない様子の玄才に、早水は鋭い目を向けて言う。

「現に娘もこうして命を狙われているのだ。あの家の者は怪しいと思わぬか」

「いったい誰が、そのような恐ろしいことを……」

動揺する玄才に、早水は告げる。

「花に何かあれば、そのほうも罪に問う。そのつもりで守れ、よいな」

「承知しました」

頭を下げる玄才にうなずいた早水は、花には安心していろと優しく言って廊下に出ると、軽々と曲者を担《かつ》いで出ていった。

その力強さに、お梅が息を呑《の》んで見送ると、玄才に問う。

「あの人は、何者なのですか」

「すこぶる評判がよくないごろつきの……」

「ごろつき！」

お梅が自分の大声にはっとして、口を手で塞いだ。

「ごろつきって、町にいるやくざのような悪い人なのですか」

「慌てるな。ごろつきのような、と言いたかったのだ。血も涙もない男だと言われているが、ああ見えて、家柄はいいのだ」

「そんな人には見えません」

花が言うと、玄才はうなずく。

「どうやら違っていたようだな」

玄才は他にも教えようとしたが、思いとどまったように告げる。

「まあ、あのお方のことはともかく、今は花さんを一人にするのは危ない。明日は屋敷に送っていくから、朝まで三人でいよう」

「屋敷に戻るのが怖いです」

不安を口にする花に、玄才は真顔で答える。

「心配だろうが、大丈夫だ。とにかく明日は、屋敷に戻らなければならんぞ」

玄才はお梅の布団を引っ張ってくると、花の横に並べた。

「わたしが見張っているから、二人は安心して寝なさい」

灯《とも》していた行灯の火を有明行灯に落とした玄才は、隣の襖を開けたままにして、屛《びょう》風《ぶ》の向こうで横になった。肝が据わっているのか、すぐに寝息を立てはじめた玄才の様子に、花とお梅は顔を見合わせて驚いた。

それからは二人並んで横になり、手を繋《つな》いだ。

「大丈夫かしら」

花は、帰るのが怖かった。

「父上が戻られるまで、ここにいたい」

お梅が手に力を込めた。

「ここにいても命を狙われました。御屋敷に戻り、大橋《おおはし》殿に守ってもらったほうがよい気がします」

父の側近だから、すべてを話せば必ず守ってくれると信じているお梅に、花はうなずいた。

「そうね。先生にも迷惑だから、そうしましょう」

眠れぬまま朝を迎えた花は、どこかで鳴いた一番鳥の声で身を起こし、支度《したく》を整えた。

「今日は一日長くなるはずだから、二人ともしっかり食べなさい」

何か含んだ言い方をする玄才は、長年独《ひと》り暮らしをしているだけに、鰺《あじ》の開きに菜物の胡麻和《ごまあ》え、濃いめの味噌汁《みそしる》を手際よく調《ととの》えてくれた。

花は眠っていなかったのもあり、あまり食欲はなかったのだが、残すのは悪い気がしてなんとか食べた。

玄才やお梅と共に真島家の屋敷に帰ったのは、登城する者たちが屋敷を出る前であり、人があまりいない道を急いだ。

屋敷に近づいたところで、玄才が花に言う。

「毒のことは黙っていなさい」

花はうなずいたが、お梅が不満そうに問う。

「どうしてですか」

「考えがあるからだ。いいな」

お梅はわけを問おうとしたが、花が止めた。真島家の表門から家来たちが出てきたからだ。

花を捜しに出ようとしていた家来たちが、姿を見るなり喜び、大橋などは、寿命が縮まったと言ってへたり込むほど安堵した。

玄才が大橋に言う。

「花さんのことで、奥方様に話さねばならぬことがございます」

「されば、こちらに」

大橋に連れられて庭から奥御殿に行くと、玄才という花を見た藤が広縁に出てきた。瑠璃《るり》と桜《さくら》も続く。

藤は何を思ったのか、目をつり上げた。

「どういうことです。賊に攫《さら》われたのではなかったのですか」

どうしてそういう話になっているのか、花は戸惑《とまど》った。

「答えなさい！」

金切り声に、花はついびくりとして背中を丸めた。

そんな花を見ていた玄才が、藤の前に立って告げた。

「賊ではのうて、花さんは熱が出たと言うて診療所にきたので、休ませていたのですよ」

藤は勝ち気を顔に出す。

「それならそうと、知らせてくれてもよいではありませぬか。勝手に出たせいで、家の者がどれほど心配していたか」

「奥方様は先ほど、花さんが賊に攫われたとおっしゃいましたが、どうしてそういうことになっていたのです」

「裏の門番がそう言ったからです。花、いったいどういうことなのか言いなさい。勘七を使って、わたしたちを心配させたのですか」

花は首を横に振った。

「気分が悪くなり、玄才先生に助けを求めに行こうとしたら、勘七が邪魔をするものですから揉めていたところ、助けてくださった人がいたのです」

藤は、共にいた瑠璃と顔を見合わせた。

「花が戻ったそうだな」

一成がそう言いながら、表御殿から渡ってきた。

「おい花、無事なのか」

心配する一成に、玄才が言う。

「熱が出て助けを求めてこられましたから、薬を飲んでいただき一晩様子を見ていたのですが、夜中にとんでもないことがありましてね」

芝居がかったように手振りを入れる玄才に、一成は案じる面持《おもも》ちで問う。

「何があったのです」

玄才は、真顔になった。

「曲者が忍び込み、花さんを殺そうとしたのです」

「なんですって！」

悲鳴じみた声を張り上げた藤が卒倒しそうになり、桜に支えられた。

「母上、しっかりしてください」

額を押さえた藤が目を白黒させ、花を指差す。

「まことに、襲われたのですか」

花がこくりとうなずくと、藤は目をつむり、桜の支えなくして立っていられなくなった。

「どうしてそんな……」

母を案じる桜が、きっとした目を花に向ける。

「母上、信じてはいけません。花は虐められたことを恨んでいるのですから、先生を抱き込んで嘘を言っているに決まっています」

「ああ、なんてこと。この子は……」

泣き声を出す藤を支えた桜は、玄才を睨む。

「先生も先生です。花のたくらみに加担するなんて」

玄才は、花の肩に手を差し伸べた。

「どうやら、この家の者たちはとことん、お前さんを悪者にしたいようだな」

「何を言うのです。性悪は、花のほうです」

憎々しく言う桜は、大橋に告げる。

「御家の和を乱す花の浅知恵を見たでしょう。父上は花ばかりを溺愛《できあい》するから、わたしたちが苦労するのです。性悪の花のせいで、どれだけわたしたちがいやな思いをしているか。これを見てもまだ、花の肩を持つのですか」

「いや、しかし……」

困り果てた様子の大橋は、花に言う。

「花お嬢様、命を狙われたというのは捨て置けませぬが、事実ですか。事実なら、相手は誰なのです」

「わかりません。でも、嘘じゃありません。先生を抱き込むなんて、そんなことをするわけもない」

「そのとおりだ」

庭の奥からしたのは確かに早水の声だ。そう思った花は顔を向けて、目を見張った。

これまでは、お世辞にもちゃんとしたとは言えない身なりだったのだが、目の前にいるのは、墨染《すみぞめ》の紋付き羽織に、黒の袴《はかま》を穿《は》いた凜々《りり》しい若者だった。

歩んでくる早水に、大橋が立ちはだかる。

「勝手に入るとは何ごとだ。名を名乗れ！」

間に割って入った玄才が、憤《いきどお》る大橋に告げる。

「こちらのお方は、早水遼太郎、ではなく、八千石の御旗本藤堂孝直《とうどうたかなお》様のご次男、孝《たか》次《つぐ》様です」

「なんと！」

大橋は玄才をどかせて、孝次に頭を下げた。

「ご無礼いたしました」

態度を一変させる大橋にも驚いた花は、まじまじと孝次を見た。

「どういうことですか」

孝次は、厳しい表情を和らげる。

「騙すつもりはなかったのだ。許せ」

そう言うと、大橋には厳しい表情をして告げる。

「その様子だと、おれのことを知っているようだな」

「はい。悪い噂《うわさ》を……」

言いかけて己の頬をたたいた大橋が、改める。

「藤堂孝次殿の名を知らぬ者はおりませぬが、お顔を知る者は少ないと聞いてございます」

孝次は花を見てきた。

目が合った花は、初めて会った時から嘘の名を騙《かた》っていた孝次の気持ちがわからず、炯々《けいけい》とした眼光が怖くてうつむいた。そのため、孝次が寂しそうな顔をしたのを見ていない。

孝次は視線を花から大橋に転じる。

「この顔だ。覚えていてくれ」

「はは。して、今日はどのような御用ですか」

別件だと疑わない大橋に、孝次は鷹《たか》のように鋭い目を向ける。

「先ほどから聞いておれば、おぬしたちは花殿をまったく信じてやらぬが、どうしてそこまで疎《うと》むのだ」

「それがしは、疎んじてなどおりませぬ」

「お前はそうかもしれぬが、そこにおるおなごたちは違うようだぞ」

「無礼者！」

藤は真島家のほうが家格が上だと思っているらしく、強気に出た。

「いくら旗本の子息といえども、このような言いがかりは許されるはずがありませぬ。出ておゆきなさい」

孝次は動じない。

「本日は、見逃せぬことがあるから来たのだ。これへ」

孝次の声に応じた家来たちが、縄で縛った男を連れてきた。

花は、自分を殺そうとした男の顔を見て恐怖を覚えたが、目をそらさなかった。

縄で縛られ、顔を腫《は》らしている男は突き出されても、花を見ようとせずうつむいている。

孝次が大橋に言う。

「玄才殿の診療所で花殿の命を奪おうとしたのは、この者だ」

「では、花お嬢様がおっしゃったことは……」

「嘘ではない。取り押さえたのはこのおれだからな。少し痛めつけたら、すぐに白状した。門番の勘七に金で雇《やと》われたそうだ。勘七をこれへ連れてまいれ」

大橋は、ばつが悪そうな顔をした。

「どうした。隠すのか」

「決して隠し立てなどいたしませぬ。ただ、勘七は昨日から花お嬢様を捜しに出たまま、戻っておりませぬ」

「逃げたに違いない」

そう言った孝次は、広縁に立っている一成に鋭い目を向けた。

「貴殿がご嫡男《ちゃくなん》か」

「いかにも」

うなずいた一成に、孝次は目を見据えて言う。

「花殿の命を小者《こもの》が独断で狙うとは思えぬが、留守《るす》を預かる嗣子《しし》として、思い当たる者はおるか」

一成は動揺した。花へ非情な仕打ちをした者は、藤をはじめ大勢いるからだ。

だが首謀者となると、やはり藤しかいないはず。

一成からそういう目を向けられた藤は、怒気を浮かべた。

「どうしてそのような目で見るのです。一成殿、まさかわたしを疑っているのですか」

「奥方様は、花を邪険に……」

「お黙りなさい！　嫌っていたのは否定しませぬ。されど、殿が溺愛する者を、金で人を雇って殺させるはずもない」

「では誰がしたとお考えか」

問う孝次に、藤はきっとした目を向ける。

「そもそもあなたは、なんの権利があって他家のことに口を出すのです。花は当家の者ですから、当家の問題は当家で解決します。出ておゆきなさい」

「そうはいかぬ。これは立派な罪だからな」

孝次に睨まれた男は、がたがたと震えはじめた。

「命ばかりはお助けを。病の女房に飲ませる薬を買う金がほしくて、つい、魔が差してしまったんです。花お嬢様、許してください。もうしませんから、このとおり」

花は答えられない。

孝次は、両膝《りょうひざ》をついて詫びる男の後ろ頭に鉄扇《てっせん》を当て、額を地面に付けさせた。

「こうできぬ者が、心底悔いておるとは思えぬが」

「へい。このとおり」

　男は自分から何度も額を打ちつけて見せ、皮膚《ひふ》が擦れて血が出てもやめなかった。

「花、どうしたい」

孝次に問われた花は、男を見た。

目が合った男は、また額を地面に打ち付けようとしたのだが、孝次が鉄扇を顎《あご》に当てて止め、顔を上げさせて言う。

「この面《つら》をよく見ろ。嘘をつくと、目が泳ぐ」

「旦那《だんな》、嘘じゃありません」

「ほおう、そもそもお前には女房などおらず、神田の家にいるのは遊《あそ》び女《め》であろう」

「えっ」

「その女を喜ばせる金ほしさに、勘七の依頼を請《う》け負《お》ったのだ」

孝次はそう言うと、懐から一枚の紙を出して広げた。

人相書きを見せられた男は息を呑み、すぐに開き直ってあぐらをかいた。

「ばれたんじゃあ仕方ねえ。どうとでもしやがれ」

一成が孝次に問う。

「この男は何者なのです」

「脅しから人殺しまで、金次第でなんでもやる者だ。裏の世界で生きるこの者を雇うのも、小者ができることではない。勘七の背後には、必ず糸を引く者がおる」

すると男が、首をねじ上げて孝次を睨んだ。

「町奉行所でもおれのことを知る者はいねえはずなのに、旦那はどうして人相書きまで持っていなさる」

「お前が武家相手の仕事しか受けないからだ」

男は息を呑んだ。

「旦那はまさか、御公儀の……」

「そのとおり、おれは目付役《めつけやく》だ」

男は唇を嚙《か》みしめ、観念してがっくりとうな垂れた。

「お前は他にも悪事を働いておろう。厳しい調べがあると覚悟しろ。連れていけ」

応じた家来たちが、男を抱えて立たせた。

悲鳴じみた声をあげた男は命乞《いのちご》いをしたのだが、孝次は男を見もしない。

家来たちが男を罰するべく連行するのを、真島家の者たちは愕然《がくぜん》として見ている。

特に藤は、孝次を恐れた顔をしていた。

そんな藤を見据えつつ、孝次は告げる。

「この中に必ず、花殿を殺そうとしている者がいる」

瑠璃が一度藤を見て庭に下りると、花の手をつかんできた。

花が見ると、瑠璃は神妙な顔でうなずき、孝次に言う。

「この花を疎む者は、確かに多うございます。ですが、ただ虐めて己の鬱憤《うっぷん》を晴らしていただけで、誰も殺そうとまではしないはず。花もそう思うでしょう」

花は、手に力を込める瑠璃の顔をふたたび見た。まったく動じていない様子の瑠璃には、悪意を感じられない。

誰もが黙り込む中、孝次が瑠璃に言う。

「家の名誉を守りたい気持ちはわかるが、残念ながら、この中に必ずいる」

怯《おび》える藤を案じた桜が、毅然《きぜん》と孝次に立ち向かう。

「花と勘七のあいだに何かあったのではないかしら」

藤がはっとして続く。

「勘七は、花の母ふき殿を好くような目で見ていたわね。そうだわ、今思い出した。勘七は、ふき殿に相手にされないのを恨んでいたのかもしれない」

皆がそうだと言う声に耳を塞ぎたくなった花は、瑠璃から離れて藤の前に行った。

嫌悪を丸出しにした目を向けられた花は、もう逃げないと自分に言い聞かせて、両手にぎゅっと力を込めた。

「母は、人に恨まれるようなことはしていません」

藤に対し、面と向かってきつい口調で反抗したのは初めてかもしれない。

それが気に入らないのか、藤はこめかみに青筋が浮くほど怒りが込み上げたようだが、孝次の目を気にして、大きな息を吐いて目をつむった。

そして花に対し、嘲るような笑みを浮かべる。

「お前はまだ年端もゆかぬ娘だから、ふき殿の本性を知らないだけです。お前の母親は、根っからの女狐《めぎつね》なのですから、勘七を勘違いさせていなかったとは、言い切れないでしょう。ねえ瑠璃殿」

「わたしは、なんとも……」

返答に困る瑠璃に助け舟を出したのは一成だ。

「ふき殿は、花が言うとおり潔白でしょう。ただ、勘七が勝手に想いを寄せて恨んでいたとすれば、花に手を出そうとしたことは否定できませぬ」

花は悲しくなり、顔を両手で覆った。

「本気で言っているのか」

厳しい声を発したのは孝次だ。

「百歩譲って母親が恨まれていたとしても、人を雇ってまで娘を殺《あや》めようとする筋書きには無理がある。花殿を邪魔に思うか、殺したいほど憎んでいる者がいるはずだ」

「殺したいほど憎んでいる者などおりませぬ」

藤が強い口調で否定すると、家の者を守ろうとする一成が同意した。

「そうです、いるはずがない。孝次殿、妄言《もうげん》はやめてください」

「妄言だと思うのか」

「とにかく、これは御目付役が出しゃばることではありませぬ。当家で解決しますから、お引き取りください」

孝次は聞き入れない。

「そうはいかぬぞ。花殿はこの屋敷内ではなく、公の場ともいえる玄才殿の診療所で命を狙われたのだ。わたしが警戒をしていなければ、確実に命を落としていた。これを真島家の問題と見逃すわけにはいかぬ。公儀目付役として、これより一人ずつ話を聞くこととする」

「しかし……」

「逆《さか》らえば！」

孝次は、一成の反論を許さない。

「誰であろうと容赦《ようしゃ》はせぬ。評定所へ引っ張るぞ」

それでも一成は、家の者を守ろうとしたのだが、老臣の沢辺定五郎《さわべさだごろう》が止めた。

「ここは逆らってはなりませぬ。評定所へ召し出される事態になれば、御家の存続が危うくなりますぞ」

沢辺が言うことは正しい。

一成は不承不承に従った。

「承知しました」

孝次は皆に告げる。

「女たちは、下女にいたるまで一人残らず花殿の離れに行け」

藤が戸惑いの色を浮かべる横で、瑠璃が問う。

「何ゆえ花の離れなのです」

「質問は許さぬ。黙って早う行け」

取り付く島もない孝次の指示に従った側近の家来が、女たちに目を光らせながら、花の離れに連れていった。

列の一番後ろに続く花に、孝次の側近が歩み寄ってきた。

「ご心配には及びませぬぞ。若が必ず暴いてくださいます」

花がならず者だと思っていた男は、今日は立派な武士に見える。

不思議な気持ちで花が見ていると、側近は笑みを浮かべた。

「申し遅れました。わたしは若の用人《ようにん》を務めております、早水小太郎《こたろう》と申します」

「早水様……」

不思議そうな顔をする花に、小太郎は笑った。

「若が名乗った早水遼太郎は、わたしの爺《じい》様の名です。本所《ほんじょ》では、隠密《おんみつ》同然のことをしておりましたから、若は本名を隠されたのです」

「そうでしたか」

目付役は、旗本や御家人が不祥事を起こさぬよう監視する立場にある。そう認識している花は、本所では人に明かせぬ役目に就いていたのだと理解し、納得するのだった。

「でも、どうしてわたしなんかのために、ここまでしていただけるのですか」

花が疑問に思うことを口にすると、小太郎は真顔になった。

「図《はか》らずも、その場にいた。というべきでしょうか」

「四度も、偶然が重なるでしょうか」

すると小太郎は、首をかしげた。

「少なくとも本所と堀井家では、たまたまでした」

「では、あとのことは」

「あれはですな」

言いかけて口を閉じた小太郎は、花から離れていった。

小太郎が見たほうへ花が向くと、孝次が歩いていた。小太郎は、いらぬことを言うなと孝次に叱られるのを、恐れたに違いなかった。

花を見ない孝次は、玄才と厳しい顔で話をしている。

花は唇をすぼめて考えながら前を向き、霞《かすみ》の後ろを付いて歩いた。

四

離れに着くと、花以外の女たちはすべて、ひとつの部屋に入れられた。

行灯の明かりの中で、花を虐め抜いた女たちは不安そうな顔をして、小声で話している。

一番後ろに座っているお樹津は、すっかり牙《きば》を抜かれたような面持ちをして、下女の一人を引き寄せた。

「いったい誰が、花を殺そうとしたんだろうね」

前に座っている藤や娘たちに聞こえないよう、小さな声でしゃべるお樹津に対し、花に酷いことをしていなかった下女は、緊張した顔を向けた。

その顔を見たお樹津が眉間に皺を寄せる。

「どうしたんだい」

「わ、わたし、怖くて」

「まさか、関《かか》わっているのかい」

下女は慌てた。

「そうじゃなくて、藤堂孝次様です。前に御奉公していた御旗本で耳にしたのですが、御目付役の拷問《ごうもん》は容赦なく、罪を疑われた者は女でも、素っ裸にされて鞭《むち》で打たれ、白状しなければ逆さ吊りにされて、水を張った樽《たる》の中に下ろされるそうです。その拷問で、溺《おぼ》れ死んだ者もいるとか」

周りにいる女たちは驚いたような顔で見てきた。ほんとうだと下女が言うと、皆恐れた顔で静まり返り、花に関しては身に覚えがあるお樹津は、誰よりも顔の血の気が失《う》せた。

そこへ、小太郎が入ってきた。空咳をして皆の前に立ち、真顔で告げる。

「これから一人ずつ尋問《じんもん》するが、その前に言うておく。我があるじは、決して悪事を許さぬ。特に、此度《こたび》のような人の命に関わる悪事を働いた者には厳しいお方だ。だが、正直に白状する者にはお慈悲《じひ》もある。おなごとて容赦されぬから、死ぬよりも苦しい目に遭《あ》いとうなければ、問われたことには正直に答えたほうがよいぞ」

女たちは騒然となったが、小太郎が黙っていると、やがて口を閉じた。

静まり返ったところで、小太郎が口を開く。

「皆気が張っておるようだから、ゆっくり息を吸え」

女たちの中で、言われるとおりに大きな息を吸う者はいない。

小太郎は、皆の前に立っている配下の者をどかせた。

「おお、よい物があるではないか」

手に取ったのは香だ。これは花が玄才に渡していた毒入りの香に似せた物で、前もって孝次の家来が置いていたのだ。

小太郎が言う。

「香は気持ちが落ち着くというから、皆に嗅《か》がせてやろう」

火を付けて香炉に入れた小太郎は、

「いい匂いだ。名を呼ばれるまで、しばし待たれよ」

そう言うと配下の者を促して、外へ出ていった。

お樹津は下女に、小声で言う。

「これは奥方様が花に届けた物に違いないわね。高価なだけに、いい匂いだこと」

「ええ、確かに、気持ちが落ち着きます」

皆が静かに香の香りに包まれる中、慌てて前に行って花瓶の水を香炉に流したのは、侍女に抜擢《ばってき》されてまだ日が浅いお春《はる》だった。

「何をするのです」

叱る澤《さわ》にお春は答えず、表ではなく裏から外へ出るべく襖を開けた。ところがそこには、孝次がいた。はっとしたお春は、後ずさる。

一成と大橋が入ってきた。

床几《しょうぎ》から立ち上がる孝次の鋭い眼差しに、お春は腰が抜けて尻餅《しりもち》をついた。

「香が毒だと、どうして知っているのだ」

毒と聞いた女たちは騒然となり、恐怖の声をあげて咳き込む者がいる。

「答えよ！」

厳しく問われたお春は、隠し持っていた懐剣で喉《のど》を突いて自害しようとするも、孝次に手首をつかまれ、力を込められた痛みで刃物を落とした。

驚いた藤が、お春に金切り声をあげる。

「どうして花の命を奪おうとしたのです」

するとお春は、鬢《びん》が乱れて髪の毛が垂れ下がった顔を向け、恨みに満ちた様子で口を開く。

「わたしのせいにするのですか」

「何を……」

愕然とする藤に否定させぬよう、お春は孝次に白状した。

「奥方様に命じられて、花お嬢様に届けられる香に毒を混ぜました」

「嘘をおっしゃい！」

ふたたび金切り声をあげて藤が否定するも、大橋が声を張り上げた。

「お春は命を絶とうとまでしたため、嘘を言っているとは思えませぬ」

「違う！　わたしではありませぬ！」

藤は必死に否定するも、大橋が一成に言う。

「花お嬢様に害を及ぼす者は厳しく罰するよう、殿から命じられてございます。いかに奥方様でも、これは見逃せませぬ」

「一成殿、信じてちょうだい」

ため息をついた一成は、無実を訴える藤に厳しい顔を向けて告げる。

「父上が戻られるまで、部屋から一歩も出てはなりませぬ」

藤は目を見張った。

「奥御殿のあるじであるわたしを、閉じ込めると言うのですか」

「毒まで使われては、いたし方ありませぬぞ」

「毒などわたしが使うものですか」

「お春が命をもって償《つぐな》おうとしたのですから、言い逃れは許しませぬ」

藤はそれでも潔白を訴えようとしたが、孝次が口を制して問う。

「なんの毒を使い、どうやって香に混ぜたのだ」

藤はきっと睨む。

「やっていないことは答えられぬ」

目に涙をためて否定する藤のことを、花はじっと見ていた。

それに気付いた孝次が問う。

「何か言いたそうだな」

藤から懇願《こんがん》の眼差しを向けられ、桜からは敵愾心《てきがいしん》をむき出しにされた花は、皆が注目する中、孝次に冷静に告げた。

「毒はまだあるような気がしますから、奥方様の部屋の中を捜してください」

「妙案だ。自分の目で検《あらた》めろ」

うなずいた花は、藤の目を見て問う。

「昨日と今日、奥方様の他に部屋に入った者はいますか」

すると藤は、目を伏せて考える顔をした。

「確か、桜と霞、侍女の澤とお春が入ったのは覚えている」

すると桜が声を張った。

「部屋を空けている時もあるのだから、はっきりわかるわけないじゃないの。母上が毒など使うはずない。花は自分で毒を入れて、母上から受けた仕打ちの意趣返しをしようとしているんでしょう。藤堂殿、花は性悪だから、騙されないでください」

花は言う。

「お春がわたしの命令に従い、自ら命を絶とうとしたと言うのですか」

「それは……」

「あり得ぬことです」

桜はそれでも、花が仕組んだと藤堂に訴えた。

「母は潔白です」

孝次は、桜を見ようともしない。

桜の援護で力を出した藤が、孝次に言う。

「娘が言うとおりです。確かにわたしは、香を花に届けるようお樹津に命じた。それは認めます。ですが、お春に毒を混ぜろとは、断じて命じておりませぬ」

孝次は藤も見ようとせず、花に目を向けている。その眼差しは優しく、花は背中を押された気がして、藤に言う。

「奥方様におうかがいします」

藤と桜が、よく似た目つきで睨んできた。

負けない、そう自分に言い聞かせた花は、腹に力を込める。

「わたしの母が生きている時から、ただの一度も贈り物などしたことがなかったあなたが、どうして今になって、高値の香をくれる気になったのですか」

藤は目を見張り、焦ったように黒目を泳がせた。

「それは……」

口を閉ざす藤を、孝次が追い詰める。

「やましいことがあるのか」

「違います。これまでしてきた仕打ちを、殿に告げ口されたくなかったから、付け届けのつもりで送ったのです」

　花は言う。

「そう、そのとおり、奥方様は、わたしたち親子に何もくれませんでした。毒をお持ちではないはずですが、今はきっと、部屋のどこかにあるでしょう」

　孝次が、意外そうな顔で花を見てきた。

「毒を盛った者が別にいると言いたいのか」

「その答えを、見つけに行きます」

　花は先に立って外に出た。

　玄才を従えて追ってきた孝次が、どういうことか問う。

「心当たりがあるなら言え」

　花は、歩きながら答えた。

「誰なのかは、まだはっきりしません。でも、わたしでも見つけられる場所に毒があれば、奥方様を罠《わな》に嵌《は》めようとする者が置いたに違いありませぬ」

「なるほど、そういうことか」

　花の意を呑み込んだ孝次は、玄才と顔を合わせてうなずき、花に付いて奥御殿へ向かった。

三人で藤の部屋を調べた。

「いい暮らしをしているな」

部屋に置かれた豪華な調度品を見て言う孝次に、玄才はうなずいている。

花は話に加わらず、目星を付けた押し入れを開けた。上の段には布団が重ねてあり、下の段には、すっぽりと収まる桐《きり》の箪笥《たんす》があった。

「下から順に開けて見ろ」

隣に座った孝次に向いた花は、顔が近いのでどきりとした。

孝次は目を合わせ、早くしろと、顎で指図する。

言われたとおりに下から開けた。着物が入っている。二段目の引き出しの中には、螺鈿《らでん》細工の小箱が並び、中には高そうな簪《かんざし》があり、他の箱にも、簪や櫛《くし》の類が並んでいた。

これにくらべると、母が持っていた着物や飾り物は少ないと思った花は、病床で苦しむ姿を目に浮かべ、涙で視界が霞んだ。

桐の箪笥は着物や飾り物ばかりで、毒はなかった。

もうひとつある押し入れを開けた花は、敷物を取り出した。すると、奥に隠すように小さな箱が置いてあるのが目にとまった。

花が取り出そうとすると、孝次が手首をつかんで止めた。

「下がっていろ」

従って離れる花に、孝次は取り出した箱を見せた。

桐の箱を開けようとする孝次に、玄才が言う。

「気を付けて。粉が舞い上がると、吸い込む恐れがあります」

花が恐れて問う。

「そのようにきつい毒を、わたしは吸わされたのですか」

玄才がうなずく。

「香の煙を吸って苦しんだほどだからな。舞い上がった粉を直《じか》に吸って身体に入れば、死に至ることもある猛毒だ」

孝次は花にもそっと離れろと言い、そっと蓋《ふた》を開けた。すると中には、花に渡された物と色形が同じ香が入っていた。

匂いを嗅いだ玄才が、険しい顔でうなずく。

「間違いない。花さんが持ってきた物と同じ毒入りの香だ」

花は息を呑んだが、玄才に言う。

「桐の箱も調べてください」

「どうして」

「箱に長く保管していれば、何らかの痕跡《こんせき》があるのではないでしょうか」

孝次が薄い笑みを浮かべた。

「そなたは、誰かがここにわざと置いたと思っているのか」

花はうなずく。

「あの奥方様が、すぐ見つかるところに証《あかし》となる物を置いているでしょうか」

「確かにそうだな」

納得して箱を調べた玄才は、底を見せた。

「綺麗なものだ。この香に混ぜられている物は、火が燃えないよう湿り気があるので、花さんが言うとおり染みができるはず。つまりこの箱に入れられて、三日も経《た》っていないという証だ」

孝次が花に問う。

「そなたは、どうして知っているのだ」

「母が父からいただいた香を、もったいないと言ってしばらく使わないでいた時、箱によく染みができていたのを覚えていますから」

孝次は、目つきを鋭くした。

「ではその頃から、毒が入っていたのか」

花は、じっと孝次を見て答える。

「気分が悪くなったりしませんでしたから、毒は入っていなかったと思います」

孝次がうなずく。

「そうか」

「でも……」

言いかけてやめた花を、孝次が促す。

「思うことは言ったほうがいい」

花は孝次の目を見た。

「同じ毒かはわかりませんが、香の煙を吸ってしまった時と同じように、身体が変になったことがあります」

孝次は表情を一変させ、険しい顔になった。

「いつだ」

「瑠璃殿からいただいた物を食べた時に、何度かなりました」

「まさか！」

玄才が驚いた。

「あの瑠璃殿が人を殺《あや》めようとするなど考えられない。何かの間違いではないのか」

「いや、そうとも限らぬぞ」

否定する孝次に、玄才がいぶかしげな顔を向けた。

「どうしてそう思われるのか」

「以前、我らが目を付けていた賊の根城に手違いで花が行ったことがあるのだが、瑠璃殿が絡んでいたからだ」

「花さん、それはまことか」

玄才に問われて、花はうなずいた。

孝次が花に言う。

「瑠璃殿の部屋を調べるぞ」

「はい」

花は二人を案内して、瑠璃の妾宅《しょうたく》に行った。

孝次は遠慮と気兼ねを微塵《みじん》も見せることなく妾宅に入り、行灯に火を灯して家中を調べた。

だが、毒は見つからなかった。

がっかりした花は、孝次に訴えた。

「お春に厳しく訊けば、白状しないでしょうか」

孝次は、険しい表情で言う。

「命を絶とうとしたのだ。拷問にかけても口を割らぬだろう。よほどの弱みをにぎられているか、あるいは、ほんとうのことを言っているかだ」

唯一優しかった瑠璃が仇ではないと信じたかった花は、孝次の言葉に安堵するのだった。

「ではやはり、奥方様が……」

「それはまだわからぬ。戻るぞ」

花を連れて離れに戻った孝次は、瑠璃に言う。

「そなたの家も調べさせてもらった」

えっ、と声をあげたのは霞だ。

「わたしの部屋にも入ったのですか」

孝次は真顔でうなずく。

恥ずかしいと言った霞は、不満そうな顔を花に向けた。

「どうして止めてくれなかったの」

花は、自分が疑ったからだと正直に言おうとしたのだが、孝次が先に告げた。

「念のためだ。気を悪くするな」

冷たい言い方に恐れた霞は、それ以上花を責めなかった。

花は瑠璃を見た。いつもの優しい顔をしており、霞に仕方ないと言っている。

今日の花は、それがかえって恐ろしく見える。瑠璃がこちらを向いて目が合った花は、そらしてうつむく。少しして見ると、瑠璃はまだ見ていた。顔は微笑んでいるが、眼光が鋭い気がした花は、疑っているのを知られるのが怖くなり、またうつむいた。

孝次が二人のあいだに割って入ってくれたおかげで、花は助かった。

「藤殿の部屋を調べたところ、毒を混ぜた香が出てきた」

藤が立ち上がり、怒気を込めた顔で声を張り上げた。

「嘘をおっしゃい。あるはずはない！」

「これが動かぬ証だ」

孝次が皆に桐の箱を開けて見せ、藤に厳しい態度で当たる。

「毒は藤殿の部屋から出たのだ」

「濡《ぬ》れ衣《ぎぬ》よ。花、よくもお前は！」

「お黙りなさい！」

厳しく声を張り上げたのは一成だ。

「孝次殿は御公儀の御目付役です。言い逃れはできませぬぞ」

「一成殿、わたしは断じて、毒など持っていない」

一成は聞かぬとばかりに目をそらす。

「大橋」

「はは」

「藤殿を奥御殿の納戸に閉じ込めよ」

厳しく命令する一成に従った大橋は、配下の者と藤を捕らえた。

「触るな。わたしは知らぬことだ」

藤は泣き叫んだが、大橋は離れから連れ出した。

「母上、母上！」

桜が追って行くのを目で追った一成が、孝次に頭を下げた。

孝次は、縛られてうな垂れているお春を見た。

「侍女の始末はどうつける」

「命令されたとはいえ、許されぬことをしましたから、償わせます」

「どうやって」

「今は牢《ろう》に入れ、父に裁いていただきます。これより先はしかと気を付けますから、

「当家におまかせくださりませぬか」

「花殿がそれでよいなら、わたしは構わぬが」

答えを求められた花は、返答に困った。

すると孝次が歩み寄り、花の手を引いて廊下に出ると、皆に聞こえぬよう小声で告げた。

「瑠璃は仏の皮を被った鬼女かもしれぬから、決して一人で母の仇を討とうと思うな」

花は不安が込み上げ、思わず本音を漏らした。

「奥方様が軟禁されたことで、瑠璃殿が奥向きを取り仕切ることになるかと」

「それがどうした」

「わたしは、今度こそ殺されるかもしれませぬ」

「案ずるな。おれがそうはさせぬ」

また花の腕をつかんだ孝次は、皆の前に立った。

「一成殿」

「まだ何かございますか」

神妙な態度で応じる一成に、孝次は真顔で告げる。

「わたしは、花殿を娶《めと》りたい」

一成に言われて離れから出ようとしていた侍女と下女たちが一斉に振り返り、固まったように動かなくなった。

一成をはじめ、男たちも息を呑んでいる。

ただ一人落ち着いている瑠璃が、妖艶《ようえん》な眼差しを孝次に向けて問う。

「いつから、そういう仲になっていたのかしら」

じっと見つめながら歩み寄る瑠璃に対し、孝次はまったく顔色を変えることなく、一成を見ている。

「正式に縁談を申し込みいたすゆえ、花殿にかすり傷ひとつでも負わせた者は、この藤堂孝次が容赦せぬと心得ていただきたい」

孝次は真顔でそう伝えると、花には微笑み、瑠璃を見もせず帰っていった。

突然すぎてあっけに取られている花は、見送りをするのも忘れて、その場に立ちすくんでいた。

# 第三章

# 狡《こう》猾《かつ》な女

一

「花《はな》が、藤堂孝次《とうどうたかつぐ》から求婚されたですって」

忍んできた澤《さわ》から聞いた藤《ふじ》は、そばを離れようとしない桜《さくら》の手をにぎった。

「それで？　一成《かずなり》はなんと返答をしたのです」

澤は一度廊下を振り向いて、人がいないのを確かめてから声を潜める。

「若殿はかなり動揺しておられましたが、瑠璃《るり》様は良縁だと喜んでおられます」

藤はうなずく。

「軟禁さえされていなければ、すぐにでも縁談を進めてやるものを……」

桜は楽観したらしく、表情を明るくして口を開く。

「花がいなくなれば、信義《のぶよし》様はわたしに向いてくださるはず。母上、どうにかなりませぬか」

「今のわたしにどうしろと言うのです」

「兄上にお願いして出してもらうのですよ」

藤はため息をついた。

「お前は信義殿のことで頭がいっぱいで、何もわかってない」

「何がですか」

「一成は、肚《はら》の底では産みの親である瑠璃殿に奥向きを差配《さはい》させたいはずだから、出してはくれないでしょう。望みはお父上です。殿はふきを寵愛《ちょうあい》しても、正室の立場を揺るぎないものにしてくださっていたのですから、きっと軟禁を解いてくださいます。そう信じて待ちなさい」

桜は不安そうだ。

「でも父上が戻られるのはまだ先ではありませぬか。ぐずぐずしていると、信義殿が孝次殿に負けじと、花に縁談を申し込むかもしれません」

「一成を頼って勝手をすれば、殿のお怒りを買う恐れがあるからできぬ。出ることは叶《かな》わずとも、花を孝次に嫁《とつ》がせることはできるのですから、心配せずともよい」

桜を励《はげ》ました藤は、澤に真顔を向ける。

「瑠璃殿に、必ず花を嫁がせるように伝えなさい」

藤に忠実な澤は、しばらくの辛抱ですと励まして下がった。

「承知しました」

藤の言葉を伝えにきた澤に対し、瑠璃は紅をさした唇《くちびる》の両端を上げて微笑《ほほえ》む。

「お前は、罰《ばつ》を受けている者の命令を聞けと言うけれど、それは、わたしが罪人以下だと見ている証《あかし》ね」

澤は、己の失態にようやく気付いたようだ。

「決して、そのようなつもりでは」

平身低頭する侍女を見下ろした瑠璃は告《つ》げる。

「次に出すぎたことを口にすれば、下女に降格させるから肝に銘じておきなさい」

抑揚《よくよう》のない、冷めた口調は澤を脅《おど》すには十分だったようだ。

「もう二度といたしませぬ。どうかお許しください」

懇願《こんがん》する澤の手を取った瑠璃は顔を上げさせ、目を見据えて告げる。

「では改めて、お前を侍女の筆頭として、わたしのそばに置きましょう。奥御殿の差配を任されたわたしに黙って藤殿に会うことは禁じます。ただし勘違いしないでちょうだい。わたしの差配はあくまで、藤殿の疑いが晴れて軟禁を解かれるまでの代役だから」

声は優雅で穏やかだが、眼光炯々《けいけい》とした目がすべてを語っている。

澤は己の立場を守るため、あっさりと鞍替《くらが》えをした。

「なんでもおっしゃるとおりにいたします」

「そう。ではさっそくだけど、藤殿と桜の部屋にある物を、すべて蔵に入れなさい」

「えっ」

「今、納得がいかぬ声が聞こえた気がしますが」

澤は慌てて否定し、すぐに取りかかると言って下がった。

こうして澤が付いたことで、瑠璃は奥御殿を掌握《しょうあく》したのだ。


「今ではすっかり、奥方様のようにされています。たったの一日で、人はあんなに変われるものでしょうか」

お梅《うめ》は夕餉《ゆうげ》の食材をもらって帰るなり、奥御殿の様子を語っている。

米を研《と》ぎながら聞いていた花は、まったく耳に入ってこなかった。孝次に縁談を申し込まれた時から、地に足が着いている気がしないのだ。

孝次と夫婦《めおと》になるのか。

まったく想像すらもしていなかっただけに、頭が混乱している。

目の前で手をひらひらとやられて、花はお梅に顔を向けた。

「ねえお梅、わたし、どうすればいいのかしら」

お梅は、しょうがないなあ、と言いたそうな顔をした。

「また孝次様のことを考えてらっしゃったのですか」

またではなくずっと考えている花は、ほんとうに迷っているのだ。母なら、どう言ってくれただろう。

「頼もしい殿方ですから、わたしは、花お嬢様にとっていいお話だと思います」

今朝も聞いた言葉に、花は、自分はどのような答えを待っているのかすらもわからないのだ。

「花、いるわよね」

ふいに勝手口からした声に顔を向けると、霞《かすみ》が入ってくるところだった。

お梅が頭を下げ、井戸端で蓮根《れんこん》を洗ってくると言って出ていった。

霞は板の間の上がり框《かまち》に腰かけて、悩みを打ち明けた。

「お梅から聞いているかもしれないけど、母上が、桜お姉様の部屋を使えと言うのよ。桜お姉様は、軟禁されている藤殿の隣の部屋に居座って出ようとしないから、わたしに部屋を使わせて、嫉妬《しっと》させようとでもしているのかしら」

どう思うか問われて、花は意外だった。これまで霞から相談された記憶がないからだ。

そして、屋敷が混乱しているのはお前のせいだ、とも言われている気がした花は、手拭《てぬぐ》いで濡《ぬ》れた手を拭《ふ》き、米を炊《た》くため土鍋《どなべ》を竈《かまど》に置いた。

「ねえ、聞いているの花」

「はい。でもわたしには、瑠璃殿のお考えはわかりませんから」

「そうよね。血が繋《つな》がった娘のわたしでもわからないんだもの。でも桜お姉様に恨《うら》まれるのだけは避けたいのよ。怖いし、面倒だから」

面倒というのが霞らしいと思う花は、藤と桜が焦《あせ》っていた時に感じた、胸のすくような思いが顔と態度に出ぬよう気を付けて口を開いた。

「兄上は、なんとおっしゃっているのですか」

「母上の言うことを聞けと言われたわよ」

「ではそうしたほうがよいのではありませぬか。瑠璃殿はきっとお考えがあるから、奥御殿に入られたはずですから」

「よくわからない」

妾宅《しょうたく》に留まる背中を押してほしかったのか、霞は珍《めずら》しく苛立《いらだ》ち、帰っていった。

次の日には、霞は奥御殿に入ったようだ。

お梅が朝餉の食材を持って戻ると、そう教えてくれた。

「奥方様は、さぞ悔しがっているでしょうね」

ぼそりとこぼす花は、今日はいい気味だとは思わなかった。昨夜眠れずに、瑠璃のことを考えていたからだ。

藤が香に毒を混ぜていたとはどうしても考えられない花は、瑠璃がいよいよ、本性を現したのではないかと疑っている。

藤がこのまま父に離縁され、腹を痛めて産んだ一成が当主になれば、瑠璃は奥御殿のあるじになる。

孝次が、瑠璃は鬼女だと言ったとおりかもしれないと思うと、花はこの先何が起きるか不安になり、恐怖に身を震わせた。

二

代理とはいえ、奥御殿のあるじになった瑠璃は、侍女や下女を従わせるのに苦労はしなかった。だが、まだ安泰ではない。

兼続《かねつぐ》は、いかにふきを寵愛しようとも、決して藤の立場を悪くしなかった。それを考えると、離縁するどころか、確たる証がないと言って許す恐れがある。

「藤を返り咲かせないためには、このまま罰を受けさせなければ」

瑠璃は爪を噛《か》み、考えを巡らせた。

孝次と花から疑われているとわかっている瑠璃は、このままでは危ういと思うのだった。己を守るために誰を味方にすべきかは、もう決めている。

「澤」

呼び声ですぐさま応じて廊下に姿を現した澤は、従順を面《おもて》に出し、諂《へつら》うような目を向ける。

「お呼びでございますか、奥方様」

いい響きだと思う瑠璃であるが、顔には微塵《みじん》も出さぬ。

「その呼び方は、藤殿に無礼です」

「申しわけありませぬ。お許しください」

「頭など下げなくてよい。それより、奥御殿の差配のことで相談したいことがありますから、大橋《おおはし》殿をこれへ」

「承知いたしました」

澤はすぐに下がった。

大橋が来たのは、程なくだ。

瑠璃は大橋と向き合って座ると、奥向きの差配について、弱音を吐いた。

「慣れぬことを任されて、もう頭が痛くてたまりませぬ。藤殿が、苛立ちを花にぶつけた気持ちがわかるような気がします。ほんに、悩ましいことが多くて、胸が苦しい」

脇息《きょうそく》に身を預けた時、艶《あで》やかな着物の前がたわみ、胸元が開いた。

色白の肌がさらされたことに、瑠璃は気付いていないようだ。

大橋は目のやり場に困ったように、下を向いている。

ちらと目を向けた瑠璃は、着崩している着物の胸元をさらに開いて、にやりとする。

「大橋殿、月のかかりが多いような気がするのですが」

瑠璃はそう言って、奥御殿の家計簿を差し出した。

膝行《しっこう》して近づいた大橋が受け取ろうとした時、瑠璃はわざと落とした。

「ごめんなさい」

「いえ」

拾い上げようとした大橋の手と、瑠璃の手が重なった。

慌てて引っ込めた大橋は、

「申しわけありませぬ」

頭を下げようとしたところへ、瑠璃が先に両手をつく。

「どうか、力になってくだされ」

「それは、もちろんにございます」

独《ひと》り身の大橋にとって、二つ年上の瑠璃は魅力的だ。

兼続から長年相手にされず、熟しきった身体《からだ》を持て余しているなどと、邪《よこしま》な考えも持っていた大橋は、両手をついた瑠璃の胸元から、目が離せなくなっている。

瑠璃がふたたび手を重ねると、目をしばたたいて下がった大橋は、頭を下げて部屋から出ていった。


その夜、己の部屋で横になっていた大橋は、昼間の瑠璃の姿がどうやっても目に浮かんでしまい、眠れずにいた。

着物の胸元から見えた色白の肌と、整った顔に、少しだけ開いた赤い唇からうかがえた、物欲しそうな表情。

「目の毒だ」

大橋は布団を股《また》に挟んで横向きになり、きつく瞼《まぶた》を閉じた。

昼間の疲れもあり、いつの間にか眠っていた大橋は、身体に触れられて目をさました。寝起きでぼんやりとする中、腹の上に何者かが跨《また》がったので慌てて頭をもたげると、口を手で塞《ふさ》がれた。

「声を出さないで」

有明行灯《ありあけあんどん》の薄暗い中でもはっきり見える色白の顔は、瑠璃だった。しかも、身に着けた薄衣《うすぎぬ》は、ふくよかな乳房が透《す》けている。

あるじの女と結ばれるなど、あってはならぬことだ。

大橋は逃げようとしたが、瑠璃が覆《おお》いかぶさってきた。目の前にふくよかな肌が近づき、甘い吐息で誘惑された大橋は、理性が崩壊した。

長年、女の柔肌から遠ざかっていた大橋は、こうなっては止まらぬ。

瑠璃を押し倒し、欲望のまま乳房に顔をうずめると、長い足のあいだに割って入り、腰を沈めた。

瑠璃は声が出ぬよう自ら口を手で塞いでいたが、大橋のせいで長年忘れていた身体がとろける感覚に頭が痺《しび》れ、大きくて逞《たくま》しい大橋の身体に抱き付いて、快楽の声を漏《も》らした。

瑠璃の色香に負け、許されぬ仲に引きずり込まれてしまった大橋だが、後悔はなかった。

「殿が、いけないのよ」

瑠璃からそう言われた時に、男としての誇りと優越感が勝《まさ》り、

「この先は、わしが瑠璃様をお守りします」

前から密《ひそ》かに想《おも》いを寄せていた瑠璃のために、力になると決めたのだ。

「花お嬢様が、目障《めざわ》りなのですか」

そう問うと、瑠璃は大橋の厚い胸に頬《ほお》を寄せて微笑む。

「あなたも、わたしが奥方様を貶《おとし》めたと思っているの」

「いや、そういう意味ではありませぬ。ただ、奥向きのおなごたちの様子を見ておりますと、花お嬢様は気の毒と申しますか、なんとも……」

口に指を当てて黙らせた瑠璃は、くすりと笑って告げる。

「わたしを抱いて、長年放っておかれた女の悲しみがわかったのではありませぬか」

「それは……」

「わたしから殿を奪ったふき殿を恨んでいないと言えば、嘘《うそ》になるわね。でも、花の

ことは、女としての恨みなど微塵《みじん》もありませぬ。これは、ほんとうです」

女として、というのが引っかかった大橋は、いぶかしそうな顔をした。

「では何がいけぬのですか」

「花のことはいいの。それより、わたしたちのことを考えましょう」

「瑠璃様……」

「二人の時は、様はよして。わたしは今夜から、あなたのもの。そうでしょう」

「瑠璃……」

「こうなった以上、もう後戻りはできないわ。殿が藤殿を許せば、わたしは二度と、お前様に会えなくなる気がするの。だからお願い、このまま奥御殿のあるじでいられるように、力を貸してちょうだい」

瑠璃が唇を重ねると、大橋はそれに答え、思うさま喜ばせるのだった。


大橋を手玉に取った瑠璃は、奥御殿のあるじとして力を増していた。

「若様の御生母《ごせいぼ》ですから、これが本来の姿ではないかと」

侍女や下女たちは、藤の耳に入るのも気にせず言うようになり、屋敷の中の風向きに敏感に反応し身の置き場を変えるお樹津《きつ》などは、瑠璃を早くも奥方様と呼んで機嫌《きげん》を取っている。

身もこころも潤《うるお》い、肌の艶《つや》がよくなる瑠璃に対し、軟禁の身で、聞こえてくるのは不遇を嘆《なげ》く桜の声だけになっている藤は、やつれるばかりだった。

「藤殿は、すっかり大人しくなられました」

澤から報告を受けた瑠璃は、化粧《けしょう》ののりがいい肌を鏡で見ながら、満足した笑みを浮かべる。

「お樹津には、あまりわたしを持ち上げないよう釘《くぎ》をさしてちょうだい。藤殿に恨まれると、わたしが乗っ取ったと言いかねないから」

「承知しました」

そこへ、大橋がきた。

「瑠璃殿、お耳に入れておきたき儀がございます」

かしこまって言うのは、大橋の心得だ。昨日の夜中には、大胆にも大橋が寝所に忍び込んできて、瑠璃しか見ることのない場所には、吸い付かれた痣《あざ》ができている。

疑われないために澤を残した瑠璃は、侍女たちの女の勘を刺激せぬよう、家来の扱いを忘れない。

「何かあったのですか」

「お嬢様方にとっては吉報です。青山《あおやま》甲斐守《かいのかみ》様が上方《かみがた》でのお働きを認められて加増され、一万二千石の大名になられたそうにござりまする」

「まあ」

瑠璃は明るい顔をした。侍女たちも、霞を嫁がせるものと決めつけて喜び、

「おめでとうございます」

声を揃《そろ》える。

だが瑠璃は、顔では喜んでいても、胸のうちは少しも嬉しくはない。信義の気持ちが花にあると知っているうえに、肝心の霞が男に興味がないのだから、悩ましいのだ。

皆が下がり、一人になった瑠璃は、鏡で自分の顔を見た。

「悪い顔ね」

鏡の中にいる別人に語りかけるようにつぶやいた瑠璃は、なんとしても、信義には霞を嫁がせたいと思うのだった。

それには、花が邪魔だ。幸い、孝次は本気のようだから、評判が悪い孝次に花を嫁がせるのは喜ばしい。

「花を嫁がせるには、兼続殿が帰る前に縁談を決めるのが肝要」

鏡の中の己にそう語った瑠璃は、さっそく行動に出るべく、侍女を下がらせて大橋

を呼ぶと、知恵を授けた。

三

藤堂孝次は、四谷《よつや》にある自宅の庭で刀をにぎり、新陰流《しんかげりゅう》の技を磨いていた。

四方に立てられた青竹の中心に立っている孝次は、長い息を吐いて精神を統一した。

鯉口《こいぐち》を切るなりかっと目を見開き、抜く手も見せず正面の青竹を斬《き》る。振り向きざまに二本目を一文字斬りに飛ばし、三本目は気合をかけて突き通すと、下がりざまに右に振り向き、四本目を袈裟《けさ》斬りにした。

一本目から四本目を斬るまでは、ほんの一瞬と言える速さだ。

静かに刀を鞘《さや》に納めた孝次は、背後の気配に声をかける。

「小太郎《こたろう》、何ごとだ」

すると、邪魔をせぬよう廊下の角で待っていた小太郎が出てきて片膝《かたひざ》をつき、来客を告げた。

「真島《ましま》家の家来、大橋翔馬《しょうま》殿がお耳に入れたき儀があるそうです」

花のことだと思う孝次は、客間に通せと命じて、汗を拭きに井戸へ向かった。

身なりを整えて客間に行くと、八畳間の下座で正座して待っていた大橋が頭を下げた。

鷹《たか》の掛け軸が睨《にら》みを利かせる床《とこ》の間を背にして正座した孝次は、堅物を絵に描いたような表情で、大橋の頭を上げさせた。

「して、用とは」

問うと、大橋は身を乗り出すようにして口を開いた。

「本日は、花お嬢様の先を案じてまかり越しました。孝次様、すぐにでも、花お嬢様を娶《めと》りたいと、大坂《おおさか》の我が殿に文《ふみ》をお送りください」

孝次は目つきを鋭くした。

「家来ごときが口出しするな」

厳しく叱《しか》って帰らせようとするも、大橋は聞かぬ。

「お言葉ですが孝次様、もたもたしておられますと、花お嬢様を青山信義殿に取られてしまいますぞ」

聞き捨てならぬ言葉に、立ち去ろうとしていた孝次は座りなおした。

「どういうことだ」

大橋は、唇を舐《な》めて告げる。

「藤様は、花お嬢様を屋敷から追い出すために、信義殿に嫁がせるべく話を進めておられたのです」

頬をぴくりとさせる孝次に、大橋は言う。

「ご心配なく、花お嬢様は、このことをご存じありませぬ」

「何をたくらんでいる。偽《いつわ》りならば、命はないものと思え」

厳しく脅すも、大橋は動じない。

「それがしは、花お嬢様の幸せを願うからこそお耳に入れに来たのです。このことは、一成様と信義殿のあいだでも、話がついておるようです」

「おぬしは、一成殿から聞いたのか」

「いえ。瑠璃様です」

「瑠璃殿だと」

怪しいと思う孝次の心情を読んだように、大橋が告げる。

「瑠璃様は、屋敷で語る一成様と信義殿の話を、たまたま耳にされたそうです」

「間違いないのか」

「ございませぬ」

だが、孝次はにわかには信じない。

「正式に、本人を前に堂々と縁談を申し込んだのはわたしが先だ」

「おっしゃるとおり」

「では、わたしが撤回せぬ限り、信義殿に出る幕はなし。このまま兼続殿の帰りを待つ」

「あいや、それは遅きに失する事態になりかねませぬ」

引き下がらぬ大橋に、孝次は問う。

「何ゆえだ」

「申し上げにくいのですが、真島家の方々は皆、此度《こたび》大名になられた青山家の嫡男である信義殿に心酔《しんすい》しきってございます」

「それにくらべて、わたしが取るに足らぬ者と言いたいのか」

「そこまでは申しませぬ。ただ、このままでは勝ち目はないかと」

「言うたも同じではないか」

不機嫌になるも、初めからしかめっ面《つら》の孝次だけに、相手に伝わっていない。

それはさて置き、江戸《えど》市中で評判が悪いのを自覚している孝次は、勝ち目はないのは承知のうえだ。

「だが、これでようわかった」

そうこぼした孝次に、大橋は探るような目を向けた。

「何がおわかりになられたのでございますか」

孝次は答えぬが、胸のうちで思う。

花が酷《ひど》い目に遭《あ》わされたのも、真島家の女どもが心酔している信義の気持ちが花に向いているのを知られたからに違いない。

そう確信した孝次は、大橋に真《ま》っ直《す》ぐな目を向ける。

「伝えてくれたことを感謝する」

頭を下げた孝次に、大橋は安堵《あんど》し、気付かれぬようほくそ笑むのだった。


大橋が帰ったあと、孝次は屋敷を出て、両親が暮らす本家に急いだ。

寄合旗本である父が賜《たまわ》っている屋敷は、城から離れた大久保《おおくぼ》にある。

主だった建物は、尾張名古屋《おわりなごや》藩の拝領屋敷や豊前小倉《ぶぜんこくら》藩の下屋敷がある場所で、静かと言えば聞こえがいいが、無役《むえき》の武家が集まる寂《さび》しげな場所だと、孝次は思っている。

八千石の体裁を保った表門から入った孝次は、奥御殿の座敷で両親に面と向かい、両手をついて頭を下げた。

「父上、母上、ご無沙汰《ぶさた》をしております」

「うむ。そのほうの顔を見るのは半年ぶりか」

穏やかな孝直《たかなお》に、はいと答えると、母親の里《さと》が目尻を下げる。

「お元気そうで」

「おかげさまで」

孝直がさっそく問う。

「今日は、身なりもまともであるな。何か変わった用でもあるのか」

孝次は居住まいを正し、両親の目を順に見て切り出した。

「本日は、お願いがあります」

孝直が里と顔を合わせ、孝次に疑いの目を向ける。

「先月の縁談ならば、もう断ったぞ」

孝次は、張り詰めていた気持ちが切れそうになったが、気を取りなおして両親に頭を下げた。

「想い人がおります。本日は、縁談を進めていただきたく、お願いに上がりました」

思わぬ告白に、孝直と里は口を半開きにして動きが止まった。

「お前様」と、里。

「うむ」孝直は虚空《こくう》を見ている。

「今、縁談を進めてくれと……、聞こえたような」

信じられぬ様子の里の手を、孝直はつかんだ。そして二人で向き合うと、にんまりと表情を崩す。

喜び合う両親を真顔で見ている孝次は、夢だ、夢じゃないと言って騒ぐ二人が落ち着くのを黙って待っている。

ふと、里が、我に返ったような顔をした。

「そう言えばお前様、お相手を聞いていません」

「おお、いかん。肝心なことじゃ。孝次、どこの娘御《むすめご》だ」

「七千石旗本、真島兼続殿の五女、花殿です」

すると孝直が、嬉《うれ》しそうな顔で里に教えた。

「名門ゆえ、言うことなしだぞ」

だが里は、なんとも言えないようだ。

「浮かぬ顔をして、いかがした」

問う孝直に、里は答えない。

その心中を察したのか、孝直も笑みを消した。

「我が藤堂家は八千石だが無役。孝次は新陰流の腕を買われて分家を許され、今は目付役を拝命して千石の旗本になっておるが、そなたは心配なのだな」

父の言葉を受け、孝次が問う。

「母上、何を憂えておられるのです」

「それは……」

微笑む里は、言葉を濁《にご》す。

息子を案じる里に、孝直が言う。

「気にするな。孝次は確かに、身分を隠してろくでもない浪人者のような身なりで町をうろつくため、町の者たちからすこぶる評判が悪く、あれほどあった縁談話が今では皆無《かいむ》になってしもうた馬鹿息子……」

「お前様、皆無ではありませぬ。先日の縁談はこちらからお断りしたのですから」

里に叱られた孝直は、にこやかに言い換える。

「まあとにかく、孝次がその気になったのはめでたい。気が変わらぬうちに進めようではないか。いや待て、確か今、兼続殿は孝政《たかまさ》と同じ大坂城に詰めておるのではなかったか」

「ええ?」

すぐのことにはならないとがっかりする両親に、孝次が提案する。

「兄上がおられるからこそ、よい折なのです。兄上を頼れぬでしょうか」

「おお、それはよい考えだ。藤堂家の長男として、弟の縁談を進めさせよう。よし、さっそく文を書くぞ。孝次、墨《すみ》をすれ」

「はは」

孝次は物入れから父の硯《すずり》を取り出し、支度《したく》にかかった。

孝直は里と顔を見合わせて嬉しそうにすると、孝次に言う。

「そなたのこころをつかんだのだから間違いないとは思うが、花殿は、どのような娘御なのだ」

「母も聞きたいわ」

里が乙女のように爛々《らんらん》と目を輝かせるのは、父との仲がいいからだろう。

幼い頃から幸せそうな二人を見ている孝次は、想いを寄せる人と夫婦になるのが当たり前のことだと思っていた。武家では難しく、両親は稀《まれ》だと頭でわかっていても、花と出会ったことで、望みを持つようになっていたのだ。

「慎《つつ》ましく、芯の強いおなごです」

辛《つら》い目に遭っているとは言わなかった。情けで花を娶《めと》ると決めたわけではないからだ。

悲しそうな顔を見れば、切なくなる。笑った顔を見れば、己のこころが弾《はず》む。

他の武家の者に、二人で幸せになりたいと言えば、軟弱者だと蔑《さげす》まれるだろう。だが両親に育てられた孝次は、純粋に、花と共に幸せになりたいと思っている。

「芯の強いおなごですか。分家の身であるお前には、家をしっかりと守ってくれる伴《はん》侶《りょ》がよいと思っていました」

「わしもじゃ」

喜ぶ両親に、孝次は改めて頭を下げ、縁談を進めるよう願った。

四

藤堂家の長男孝政から縁談の話をされた兼続は、

「返事は後日いたそう」

その場をおさめたものの、大坂城の大手門前にある役宅で、眠れぬ夜を過ごしていた。

孝次の評判はよろしくない。父親の藤堂孝直にいたっても、昼行灯などと言われて長年無役であり、八千石の旗本でも軽んじられている。

「いったい、どうして花なのだ」

藤のくわだてを疑った兼続は、すぐに駆け付けられる距離ではないため、ええい、と舌打ちをして、寝返りを打った。

返事をする前に、大橋に調べさせようと思いつき、身を起こして隣の部屋に行き、文をしたためた。

少しだけ仮眠を取ると、朝一番で文を送るため家来を呼んだ。

文を大橋に届けよと命じるより先に、家来が告げる。

「つい先ほど、瑠璃《いじ》様と大橋殿から文が届きました」

そろそろ花の虐めについて報告があると思っていた兼続は、まずは大橋の文に目を通した。

藤を軟禁していること、その藤に代わって瑠璃が奥向きの差配をしていると知った兼続は、花に毒を盛られたことに大きな衝撃を受けた。

「なんたることじゃ」

読み進めた兼続は、花を助けたのが孝次だと知り、更なる衝撃を受けた。

「孝次め、花に惚《ほ》れおったな」

自分が花を助けられなかった悔いはあるが、命を救ってくれた孝次への感謝が込み上げて胸が熱くなり、笑みがこぼれる。

いっぽう、瑠璃の文には、縁談について書かれていた。

読み進めた兼続は目を見張る。

「花も、孝次に想いを寄せておるだと」

控えている家来に問うたところで知る由もなく、家来も驚いた顔をしている。

むろんこれは、孝次に花を嫁がせたい瑠璃の偽りだ。

疑いもしない兼続は、最愛のふきから言われていたことを、ふと思い出すのだった。

亡くなる前の病床で、遺《のこ》される花を案じたふきは、自分たちと同じように、想い合う相手に嫁がせてほしいと願っていた。そしてもうひとつ、大身《たいしん》の御家には、嫁がせないでくれと言われている。

藤たちの中で長年苦労をしたふきは、夫婦二人静かに、仲よく暮らせる相手に花を嫁がせたいと望みながら、その晴れの姿を見られぬまま逝《い》ってしまった。

あの世で花のことを心配しているに決まっているふきの願いを、叶えてやらねば。

その点、次男で千石程度の孝次は、花にとって良い相手であろう。

そう思う兼続は、花の気持ちを確かめることができぬまま、決断した。

夜中に書いていた文を破った兼続は、家来を待たせて、縁談を進めるよう命じる文をしたためた。

「これを、江戸へ届けよ」

「はは」

頭を下げて受け取ろうとした家来が、文を手放さぬ兼続に戸惑《とまど》った顔を上げる。

「殿……」

花を嫁に出すのは寂しいが、ふきがいない屋敷で辛い思いをするのを恐れた兼続は、ようやく手を放した。

「急げ」

寂しい気がするいっぽうで、ふきが見ることができなかった花の白無垢《しろむく》姿が楽しみでもある。母娘共に苦労させた分、花には一日も早く幸せになってほしいと願う親心を込めた文が、大坂を離れた。

五

花は朝餉をとり、お梅を手伝って器を洗っていた。

「花お嬢様」

勝手口から声をかけてきた澤に、お梅が手拭いで手を拭きながら駆け寄る。

「何ですか」

「奥方様がお呼びだから、急いで花お嬢様をお連れして」

厳しい態度しか見たことがなかった澤が、今日はやけに優しく伝えた。その声が聞こえた花は、警戒して用件を問うお梅をたしなめ、澤に従って奥御殿へ急いだ。

久しぶりにこちらへ来た花は、瑠璃がいる座敷に通されて驚いた。藤から部屋を奪ったと、お梅から聞いていた花は、座敷が前よりも華やかになっていると思ったのだ。

衣桁《いこう》に掛けられている赤い打掛《うちかけ》の、金銀の糸を使ったきらびやかな花柄模様のせいだけではなく、襖絵《ふすま》も、藤の時には武家らしく水墨《すいぼく》の山河絵だったが、今は青や金の色が多く使われ、美しい花枝の下に孔雀《くじやく》がいる図で、座敷にいながら景色を見ているようだ。

床の間を背にして座っている瑠璃の前に正座した花は、三つ指をついてあいさつをした。

「急に呼び出してごめんなさいねぇ」

穏やかな口調でそう言った瑠璃は、華やいだ笑顔で続ける。

「部屋の雰囲気が違うでしょう」

「はい。驚きました」

「前は辛気臭くて、花は特に、この部屋にいい印象がないでしょうから、思い切って模様替えをしたのよ。気に入ってくれた」

「とても、美しいと思います」

笑みを浮かべてそう答えると、瑠璃は嬉しそうにした。

「今日は花にとって、いい話があるの。なんだと思う」

妾宅にいた頃と変わらぬ態度で接しられて、花は安堵するのだった。それほどに、この部屋に来ると緊張していた。

「藤堂孝次殿のことでしょうか」

娶ると言われてから、ずっと頭から離れなかったことだ。

「やはり、気になっていたのね」

瑠璃にそう言われて、花はうつむいた。

「殿が、藤堂孝次殿との縁談をお許しになったのよ」

「父上が……」

あまりに早いため、花は困惑した。

その心中を読んだように、瑠璃が文を差し出した。

「殿はよほど嬉しいのでしょう。早馬で届きました」

文は確かに父の字だ。今は世の情勢が不安定なため、自分が江戸に戻るのを待つなと書いてある。

信じられなくて、もう一度読み返す花に、瑠璃が朗《ほが》らかに告げる。

「殿は、喜んでらっしゃるでしょう」

文からそう読み取れた花は、うなずいた。同時に、父が決めてくれた相手に嫁ぐよう、幼い頃から母に言われていたのを思い出していた。

瑠璃が言う。

「孝次殿の兄上と殿は、大坂で共に御役目に励んでおられるそうですから、御家柄は申し分ないと思われたのでしょう」

父からの文を胸に、花は両手をついて頭を下げた。

「縁談を、お受けいたします」

「よかった」

瑠璃は大喜びして、花の手を取って顔を上げさせると、力を込めてきた。

「きっと花は承諾するだろうと思って、実はもう進めていたのよ」

瑠璃に促された澤が、美しい絵の襖を開けた。すると隣の八畳間には、桐《きり》の箱や反《たん》物《もの》などが置かれていた。

瑠璃が花を立たせて、隣へ誘いながら言う。

「孝次殿に縁談をお受けすると伝えたら、わたしに礼品をくださったのよ」

届けに来た孝次の家来たちも嬉しそうだったと聞いた花は、少しだけ胸がざわついた。自分が知らないところで、勝手に進められていたからだ。

花が承諾したことで、祝言《しゅうげん》への段取りは急速に早まった。

手際がいい瑠璃の運びで、三日後には結納《ゆいのう》が交《か》わされ、祝言は二月後の吉日に定められた。

結納の席に、正妻の藤とその娘である桜の姿はない。

そのおかげで、花は穏やかな気持ちでいられたのだが、酒宴がはじまった頃に、桜が来た。

「花、お祝いを言わせてもらうわ」

軟禁されていない桜は、頃合いを測っていたのか、祝い酒でにぎやかになったところへ現れ、遠慮《えんりょ》なく花に近づいてきた。

孝次が警戒して花をかばうと、桜は怒りを込めた目をして、嘲笑《ちょうしょう》を浮かべた。

「何よ。わたしが妹の縁談を喜んでいるというのに、手もにぎらせてくれないの」

「孝次殿……」

大丈夫だと花が言うと、孝次は下がって正座しなおした。

「だいじにされていて、羨《うらや》ましいわ。花、二月後にはお別れね。お互いに、幸せになりましょう。母上は、この縁談をすごく喜んでいるのよ。これでもう、忌《い》まわしい顔を見なくてすむって」

「無礼であろう」

孝次が怒気を込めて言うと、桜は聞こえていない体で立ち上がった。

「こんなにずる賢い女のどこがいいのか」

そう捨て台詞《ぜりふ》を吐いて座敷を去る桜に、孝次は怒り心頭だ。

場が凍り付いたように、皆一言もしゃべらない。

孝次の両親は、二人とも膳《ぜん》に視線を下げて黙っているが、表情に憂いはない。むしろ今ので、花がどのような目に遭っていたかよくわかったであろう。

孝次と目を合わせた孝直が、真顔でうなずいた。

里が花に声をかける。

「花殿、大丈夫ですか」

花は両手をついた。

「姉がお騒がせしました」

晴れの日を台無しにされても、悔しがらず涙も見せぬ花に、里は満足そうな顔をした。

「孝次は、よい人と出会えたようです」

里のこの一言が、凍り付いていた場を和《なご》ませ、招待客たちは、祝い酒の飲みなおしだと言って酒宴が再開された。

孝次に手をにぎられた花は、微笑んだ。孝次も微笑み、結納の儀式は無事に終わった。


翌日、お梅はそっと花に近づいて、縁側を見て小声を発する。

「毎日、来られるとおっしゃいましたか」

「花を守るためだ」

花が答える前に口を開いたのは、縁側に腰かけている孝次だ。

お梅はくすりと笑い、

「きっと、花お嬢様と一緒にいたくてしょうがないのでしょうね」

さらに小さくした声でそう言って、花をつつく。

孝次は言葉どおり、それからも毎日通ってきた。

あまりの急な運びで、結納からあっという間に十日間が過ぎた。

「わたし、ほんとうに嫁ぐのかしら」

夢ではないかお梅に確かめるほど、実感がない。

孝次はというと、朝から花のところに来ると、黙って座敷に座って書物を読み、時には書をしたため、一日を過ごして夕方には帰っていく。

会話はほとんどないのだが、花が話しかければ、じっと目を合わせて聞き、優しい言葉を返してくれる。

花が旅に興味があると知ると、役目だが、と前置きして、日光東照宮《にっこうとうしょうぐう》と伊勢《いせ》神宮《じんぐう》に行った時に見て感じたことや、食べ物の味が江戸とは違う点などを話してくれた。聞いているうちに、自分がそこにいるような気持ちになれたと花が言うと、孝次は笑って、想像力が逞《たくま》しいという。

ある時などは、黙って筆を走らせていると思ったら、旅で見た景色を描いており、それが存外じょうずで、花を目でも楽しませてくれた。

そんな日が続いていたある夕方、いつものように一日共に過ごした孝次が帰ろうとした時、一成が庭から入ってきた。

「貴殿は、毎日暇なのか」

義兄として心配になる、と付け加えた一成に、孝次はなんでもないといった具合に答える。

「御役御免になり、今は暇なのだ」

一成は、耳を疑ったような顔で花を見てきた。そして孝次に厳しい顔を向ける。

「それでは話が違うのではないか。父上は、御目付役と聞いて許されたはずだぞ」

「役目など、今のご時世ではあてにならぬ。お父上もそう思われているはずだ」

「そうだろうか」

納得しない一成を花はたしなめようとしたが、孝次が構わないと言って、一成と向き合って座り、口を開く。

「無役は、むしろ好都合なのだ。千石の蔵米取りは変わらぬのだから、花に苦労はさせない」

「たった千石で満足するようでは、先が心配だ」

はっきり言う一成に、孝次は真顔で答える。

「心配されるのは当然であろう。だがわたしには、家禄《かろく》の他にも、牛込台《うしごめだい》に千坪の土地と、木綿《もめん》を扱う商家がある」

一成は驚いた。

「たかが千石取りの貴殿が、どうやって手に入れたのだ」

目付役の立場を悪用したのかと疑う一成に、花ははらはらした。

だが孝次は、不機嫌になったりはしない。

「わたしの祖父が、家を出る定めにある孫に苦労をさせないために分け与えてくださったのだ。これで、疑いは晴れたか」

一成が何も言えずにいると、孝次は花には微笑んで見せ、帰っていった。

見送った花は、部屋に戻って一成の前に座った。一成に対して遠慮がない花は、不満をぶつけた。

「兄上、無礼ではありませぬか」

一成は横を向く。その態度はまるで子供のようだと花は思った。

「孝次殿の悪評は、武家らしからぬところがあるからだ。あのような者は、武士ではない」

商家など、と言って馬鹿にする一成に腹が立った花は、言い返した。

「孝次様は信用できる人です。誰よりも」

ついきつい言い方になったが、花は撤回しなかった。

「そうか」

一成はそう言うと、肩を落として帰った。一成が孝次のことを気に入らないのは、友の信義を想うからに他ならないが、そのことを知るはずもない花は、

「兄上は、何をいらいらしているのかしら」

お梅にぼそりとこぼし、首をかしげるのだった。

## 六

一成と霞と夕餉をとっていた瑠璃は、落ち込んだ息子の様子を見かねて声をかけた。

「一成」

一点を見つめていた一成は、母親に顔を向けた。

「ため息などついてどうしたのです。花に何か言われたのですか」

「いえ、何も」

「ではどうしたのです。せっかくお前のために台所方がこしらえてくれた好物が冷めてしまいますよ」

炭火で焼かれた鴨《かも》肉の皿を手に取って差し出す瑠璃に、一成は頭を下げて受け取った。

瑠璃は、黙って口に運ぶ一成に言う。

「花が孝次殿に嫁ぐのを、まだ気にしているのですか」

一成は肉を飲みくだし、小さなため息をつく。

「正直を申しますと、信義と義兄弟になるのを楽しみにしていましたから」

瑠璃は霞を見た。先ほどまで食事をしていたが、今は箸を置いて茶を飲んでいる。その顔つきが、どこか沈んでいるように思えた瑠璃は気になったのだが、一成に顔を向けた。

「花を頼らなくても、義兄弟になる手があるではありませぬか」

一成は不安そうな顔をした。

「桜をすすめるおつもりならば、難しいと思います。花を虐める桜を、信義はよく思っていませんから」

「それは言われなくてもわかっています。信義殿には、霞、そなたが嫁ぎなさい」

茶を飲んでいた霞は吹き出しそうになり、ひどく咳《せ》き込んだ。胸を押さえて落ち着いたところで、霞は抗議する表情を向ける。

「母上、唐突に何をおっしゃるのです」

「唐突ではありませぬ。母はそなたが幼い頃から、密かに願っていたのですから」

藤に遠慮をしていたのだと明かす瑠璃に、霞は不快そうな顔をした。

「どうしてわたしが……」

「殿方にも、妻になることにも今は興味がないかもしれませんが、年を重ねると必ず後悔すると思うの。信義殿なら申し分ないでしょう。霞には、女の幸せを手にしてほしいのよ」

霞は膳を横にずらして瑠璃に向き、改まった。

「そこまでおっしゃるのなら、嫁いでもよいです」

「ではすぐに……」

「ただし母上、相手が孝次殿ならばの話です」

娘の言葉がすぐに理解できない瑠璃は、問い返す。

「今、誰だと申したのです」

「孝次殿を、お慕《した》いしています」

「おい待て」

一成が言う。

「花が結納をかわしたばかりだ。妹の許嫁《いいなずけ》に横恋慕するとは何ごとだ」

瑠璃が問う。

「一成が言うとおりです。あんな人のどこがいいのです」

「鷹のような目と、鼻筋が通った美しい面立《おもだ》ち、そして毅然《きぜん》とした男らしさに惹《ひ》かれました」

恥ずかしげもなく、憧《あこが》れを抱いた乙女の表情で答える娘に、瑠璃はめまいがした。

「どうしてこの子は、わたしを困らせるのかしら」

一成が妹を叱った。

「今になって打ち明けても遅いだろう」

霞は目に涙を浮かべた。

「頭では、いけないとわかっています。でも、花のところに通われるお姿を見ているうちに、夜は眠れなくなり、何をするにしても、この胸から出ていってくださらないのです」

胸を押さえて打ち明ける霞を見て、瑠璃が問う。

「胸が苦しくなるほど、慕っているとでも言うのですか」

「いけないと思えば思うほど、ここが痛むのです」

「この子は……」

額に手を当てて目をつむる瑠璃に、霞は唇を噛んだ。

「母上、この苦しみから助けてください」

「できぬ！」

言葉で突き放しても、霞は頬を濡らして聞かぬ。

「他の殿方には、嫁ぎませんから！」

「待ちなさい霞、霞！」

瑠璃が止めても、こちらを見もせず自分の部屋に戻っていった。

一成が焦った。

「母上、なんとかしてください」

「わかっています」

なんとしても、霞を信義に嫁がせたい。そのために策を巡らせてきた瑠璃は、霞の部屋に行った。

霞は背を向け、話を聞こうとしない。

瑠璃は前に回って座り、娘の横顔を見つめた。

「いい霞、孝次殿は花との縁談を望み、父上も許されて結納を終えているのだから、横恋慕はやめてあきらめなさい。みっともないと思わないの」

霞は、悲しみに赤くした目で瑠璃を見た。

「母上たちは、信義様に自分の娘を嫁がせようとして争っていますが、わたしには、どこがいいのかわかりませぬ」

「横恋慕をするお前の気持ちのほうがわかりませんよ。信義殿と孝次殿では、どちらがいいか火を見るより明らかではないですか」

霞は激しく首を振る。

「母上こそ、何もわかっていません」

「いったい何が気に入らないの」

「だって信義様は、辛い目に遭う花を助けなかったではありませぬか。優しいふりをしてほんとうは冷たい人に決まっていますから、わたしはいやです」

瑠璃は頭痛がしてこめかみを押さえた。

これまでのことが裏目に出たと後悔するも、霞に言われて、確かにそうだとも思うのだった。

だが、男にも縁談にも興味を示さなかった霞をそこまで想わせる孝次が気にはなる。

可愛《かわい》い娘のために、瑠璃は改めて、孝次を観察することにした。

次の日も、その次の日も花のそばにいる孝次を見ていると、お梅に対する態度と、花に向き合う時の顔つきがまったく違うことに、瑠璃は気付いた。

花だけに優しい孝次の誠実さを知った瑠璃は、娘の霞までも、自分と同じ嫉妬の鬼にしたくないと思うのだった。

そして瑠璃は、幸せそうに孝次と過ごす花に対し、憤りを覚えずにはいられなかった。

「どこまでも、わたしを苦しめるのね」

爪を噛んだ瑠璃は静かにその場を立ち去り、奥御殿に戻った。

七

「祝言まで、あと三十日……」

花は帳面に筆で記しながら、ふと手を止めた。

孝次と毎日のように顔を合わせているうちに彼の誠実さを知り、日増しに想いが強くなっているのには気付いていたが、たった今帰ったばかりの孝次に、もう会いたいのだ。

お梅がくすりと笑ったので、花はそちらに顔を向けた。するとお梅が言う。

「花お嬢様、祝言の日が待ち遠しいのですね」

「えっ？」

「やだ、気付いていらっしゃらないのですか。さっきから、あと三十日って、繰り返されていますけど」

恥ずかしくて顔が熱くなった花は、帳面を見つめた。

お梅が言うとおりだ。孝次が帰ったあとはこうして、帳面に書いてある日にちに斜線を引いている。これをはじめたのは、八日前。孝次から、祝言を楽しみにしていると告げられたのがきっかけだ。

「花お嬢様が幸せそうで、わたしも嬉しい」

遠慮なく抱き付いてきたお梅に、花は笑った。

「ありがとう。わたしがこうしていられるのは、お梅がそばにいてくれたからよ」

たった一人の味方に、花は感謝してもしきれないと思っている。

お梅は、辛い日を思い出したのか、花に抱き付く腕に力を込めて、ほんとうによかったと、涙声で言った。

もう辛い目に遭わされなくてすむ。

幸福を嚙みしめた花は、ずっと一緒だと言い、お梅と笑い合った。

庭に急ぐ足音がした。

「花、いる」

瑠璃の声に身を離したお梅が、障子を開けた。

「こちらです」

声に向いた瑠璃が、縁側に歩み寄って言う。

「今知らせがあったのよ。菱屋《ひしや》伴右衛門《ばんえもん》殿が危篤《きとく》だそうよ」

「菱屋……」

「そう、廻船《かいせん》問屋の」

そう言われても、花は誰かわからない。

「わたしは、そのお方を知りませぬ」

瑠璃は驚いた。

「やだ、ふきさんは言ってなかったの。伴右衛門殿はふきさんの叔父《おじ》で、花の大叔父にあたる人よ」

母から親戚のことをほとんど聞いていなかった花は戸惑う。

「わたしに、親戚がいたのですか」

「そうよ。今となってはたった一人の身内と言える人だから、息があるうちに行くべきよ。支度を急ぎなさい」

親身になる瑠璃が嘘を言っているように思えない花は、お梅を供に、瑠璃が用意した姫駕籠《ひめかご》に乗って屋敷を出た。

菱屋の本宅は、京橋《きょうばし》にあるという。

案内をするのは、危篤を知らせに来ていた番頭の伴吉《ばんきち》だ。

「急いでください」

駕籠を担いでいる者たちを急がせる伴吉の声を聞いた花は、まだ母と血が繋がった人がいたことに、感動するのだった。それと同時に、命が尽《つ》きようとしている悲しみが込み上げた。

父兼続に見初《みそ》められる前は、商家の娘として生きていた母は、大叔父とも交流があったはず。

若い頃の母のことを是非とも聞いてみたいと思った花は、駕籠の中で手を合わせた。

「母上、どうか大叔父上を助けてください」

願いを繰り返しているうちに、駕籠が止まった。

駕籠から降りた花は、伴吉に促されて店の表から入った。廻船問屋が何を生業《なりわい》にしているのか知らない花は、売り物が置かれていると思っていただけに、あまりにも殺風景だったので驚いた。

広い土間の向こうに開かれた座敷があり、帳場に奉公人が座って仕事をしている。奥へ足を運んだ花に気付いたその奉公人が迎えに出てきた。

「いらっしゃいませ花お嬢様。旦那《だんな》様が首を長くしてお待ちでございます」

「ささ、お上がりください」

伴吉に応じて草履《ぞうり》を脱《ぬ》いだ花は、お梅と廊下を奥に進む。案内された奥の部屋は、三方を板塀で囲まれた、薄暗い場所だった。

畳に敷かれた布団に、年老いた伴右衛門が眠っていた。

「旦那様、花お嬢様です」

大きな目を見開いて身を起こした伴右衛門は、並んでいる花とお梅を見くらべた。

「どっちが花だい」

「失礼しました」

お梅が下がると、伴右衛門は笑みを浮かべた。優しい顔だと花は思ったが、元気そうに見えた。

伴右衛門は目を細めて言う。

「お前が兄の孫娘か。うむ、どことなく兄の面影《おもかげ》があるな」

感涙を見た花は、

「お初にお目にかかります」

三つ指をついて頭を下げたものの、聞いていたことと違うため、様子が変だと感じるのだった。

「騙《だま》すようなまねをして申しわけありません」

そう言ったのは、伴吉だ。

「実を申しますと、旦那様はふき様が亡くなったことも知らされておらず、つい三日前に、新しく奥向きを差配することになられた瑠璃様からお手紙をいただき、不幸を知られた次第《しだい》でございます」

伴右衛門は、真島家の薄情に憤《いきどお》っているのだと言われた花は、藤が知らせなかったのだろうと思い、気を落とすと共に、憤りを覚えた。

言葉もなくうつむく花に、伴吉は続ける。

「手紙で、花お嬢様がお辛い目に遭わされたのを知られた旦那様は、仮病を使って、お嬢様を呼び寄せたのです」

「そうでしたか」

「騙して悪かったな」

あやまる伴右衛門に、花は笑顔で言う。

「ご危篤でなくてよかった。こうして大叔父様にお目にかかれて、嬉しいです」

「そうか、喜んでくれるか」

伴右衛門は、辛かっただろうと涙を流し、花の手を取った。

「ふきの分まで、わたしが幸せにしてやるからな。誰にも指一本触れさせやしないぞ」

花は微笑んだ。

「どうか心配なさらないでください。わたしは縁談が決まり、三十日後に嫁ぎますから」

すると伴右衛門は、笑みを消した。

「武家など信用できるものか。たった一人になった血筋であるお前を、苦労するとわかっていて武家に嫁がせるわけにはいかないよ。このまま残って、菱屋を継《つ》いでおくれ」

これにはお梅が驚き、口を挟んだ。

「伴右衛門様、花お嬢様は、お互いに想い合う殿方に嫁がれるのですから、不幸にはなりませぬ。ご安心ください」

伴右衛門は驚いた。

「はて、話が違うようだが」

どういうことだと困惑する伴右衛門に、花が問う。

「大叔父上は、どのように聞いてらっしゃるのですか」

伴右衛門は、いささか険しくした顔で花を見てきた。

「瑠璃様は文に、花のことを助けるよう書かれていたのだよ。相手は何せ、評判がよろしくない藤堂孝次様だからね。向こうはともかく、花はほんとうに、惚れているのかい」

「はい」

すると伴右衛門は、また困惑した。

「わたしは、孝次様のいい評判を聞いたことがないのだ。騙されているのではないか？」

「いえ、決してそのような……」

「花お嬢様、よろしいですか」

また口を挟むお梅に袖《そで》を引かれた花は、聞く顔をした。

「どうしたの」

「大叔父様は、こころの底からお嬢様を心配なさっておられますから、わたしも不安になってきました。孝次様は花お嬢様にしかお優しくされませぬから、妻になった途端に、皆に接するのと同じように冷たくなられるのではないかと思いまして」

花はまったく動じることなく、伴右衛門とお梅に言う。

「わたしは、孝次殿の真心を信じています。必ず幸せになりますから、どうか心配しないでください」

元気そうで安心したと言った花は、頭を下げて立ち上がった。

「まあ待ちなさい」

花とお梅を止めた伴右衛門が廊下に出ると、伴吉が格子戸を閉めた。

お梅がはっとして行き、格子戸を開けようとしたがびくともしない。

「何をするのです！」

声を張るお梅に、伴吉は申しわけなさそうな顔をする。

伴右衛門が花の目を見て言う。

「そう焦ることはない。孝次様に騙されていると、ふきに顔向けできないから、ほんとうに花が想うほどの人物なのか、自分の目で確かめてみるとしよう。それまで、この家でゆっくり過ごしなさい」

伴右衛門から悪意は感じられない。

だが、花は恐れた。伴右衛門と孝次のあいだに諍《いさか》いが生じまいかと思ったのだ。

焦ったお梅が伴右衛門に声を張り上げる。

「わたしが間違っていました。孝次様は、真島家の方々から花お嬢様をお守りするために、ほぼ毎日屋敷に通ってらっしゃいますから、夫婦になっても、人が変わったりしないと思います」

伴右衛門はうなずいたものの、やめるとは言わない。

「まあとにかく、自分の目で確かめる。瑠璃様がどうしてわたしに文をよこされたのか、そのへんも気になるからね。手土産《てみやげ》を持って訪ねるふりをして、人となりを確かめてみよう」

父とは違った度量の広さを感じた花は、出してくれと願うお梅を止めた。

「大叔父上が納得されたほうがいいから待ちましょう」

花は続いて、伴右衛門に願う。

「大叔父上、よろしければ行かれる前に、少しだけ話をしていただけませぬか」

伴右衛門はいぶかしそうな顔をした。

「説得しようってのかい」

「そうではありませぬ。母の若い頃のことを聞けると思い、楽しみに来させていただいたものですから」

伴右衛門は、すぐに涙ぐんだ。情に厚いようだ。

「いいともさ」

快諾して、格子戸を挟んで向き合った。

「お前の母は、幼い頃から明るくて快活で、何より気遣いのできる娘だった。生まれ育った家は、今こそなくなってしまったが、菱屋は元々、お前の爺様《じい》が大きくしたものだ。伯父を襲った不幸は聞いているかい」

「はい」

伴右衛門はうなずいた。

「わたしはね、お前の爺様からこの商売を受け継いだ時から、懸命に働いてきたんだ。ああいけない、ふきの話だったね。ついそれてしまった」

洟《はな》をすすった伴右衛門は続ける。

「ふきは、ほんとうに可愛い娘だったよ。てっきり商家に嫁ぐもんだと思っていたが、兼続様に見初められて、二人はすぐに相惚れになった。正妻にはなれなかったが、気遣いができて控えめな性分だし、明るい娘だったから、真島家の方々に可愛がられていると信じていた。まさか、亡くなっていたとはね」

幸せだったのだろうかと考えてしまう花は、ほろりと涙を流した。泣かないと決めていたのに、伴右衛門から若い頃の母の様子を聞いて、切なくなってしまったのだ。

「でもふきは、幸せだったはずだ」

伴右衛門に言われて、花は顔を上げた。

「お前を授かったのだから、不幸であるはずはない。花よ」

「はい」

「お前はふきに似て、賢い子だ」

伴右衛門は目から涙をこぼして微笑み、今夜はゆっくり眠りなさいと言って去った。

それからは、女中たちが来て花とお梅をもてなしはじめた。用を足《た》す時しか部屋から出してもらえなかったが、花はお梅と二人で美味《おい》しい料理を食べ、ふかふかの布団を並べて横になった。

お梅の寝息を聞きながら、花は母の若い頃を想像していたのだが、いつの間にか眠りについた。

八

今朝もいつものごとく四谷の屋敷を出た孝次は、番町に急いだ。

真島家の表門に到着したのだが、いつもと様子が違う。声をかけずとも迎えに出てくる番人が、姿を見せないのだ。

「誰かおらぬか」

門の横にある小部屋に詰めていないのか、障子越しに声をかけても返事がない。

勝手に入ろうと脇門《わきもん》に手を伸ばした時、内側から開き、大橋翔馬が顔を出した。

「孝次殿、瑠璃様からの言伝《ことづて》があります」

「聞こう」

「花お嬢様は昨夜から体調を崩されており、今日はお会いにならぬそうです」

大橋の目が一瞬泳いだのを、孝次は見逃さない。

勘が鋭い孝次は、瑠璃の悪意を見抜いた。

「そこをどけ」

押して脇門を潜《くぐ》る孝次に対し、

「なりませぬ」

大橋が立ちはだかる。

孝次は鋭い目を向けた。

「花に何かあれば許さぬと言ったはずだ」

刀の鍔《つば》に親指をかけると、大橋は恐れて下がった。

供をしていた小太郎と家来たちが大橋の前に立ちはだかり、孝次は離れに急ぐ。だが、花とお梅の姿はなかった。

小太郎が連れてきていた大橋に、孝次は厳しく問う。

「花をどこにやったのだ」

「そ、それは……」

言い淀《よど》む大橋の腕をつかんで奥御殿に急いだ孝次は、裏庭で立ち止まり、突き放した。

「瑠璃殿を呼んで来い」

閉められている障子を睨みながらそう命じた孝次に対し、大橋は焦る。

「無礼ではありませぬか」

「そこまで拒《こば》むとは、やはり花に何かしたな」

ふたたび鯉口を切ろうとする孝次に、大橋は慌てた。

「お待ちください。今お呼びしますから」

すっかり弱腰になった大橋は、広縁のそばまで行って声をかけた。

「奥方様、孝次殿が聞かれませぬ」

すると程なく障子が開き、澤が出てきた。その後ろから姿を見せた瑠璃は、困ったように告げる。

「孝次殿、花は高い熱が出ており、奥の部屋に臥《ふ》せっておりますから、今日はお帰りください」

孝次は聞かず足を進め、瑠璃に厳しく告げる。

「この目で姿を見るまで安心できぬ。外から確かめるゆえ部屋に案内してくだされ」

「困りました。花からも止められているのです。病でやつれた顔を見られたくないのが乙女心ですから、わかってやってください」

それはないと思う孝次は、小太郎に命じる。

「瑠璃殿を捕らえよ」

「はは」

家来五人に迫られて愕然《がくぜん》とした瑠璃は、無礼だと声を張り上げたが、周囲を囲まれた。

屈強な小太郎たちに、瑠璃は恐れた顔をしている。

孝次は澤も含めて厳しく尋問する。

「花に何をした。答えろ！」

この騒動を隠れて見ていた伴右衛門は、共にいる一成に言う。

「あのお方が……」

「孝次殿だ」

瑠璃から出るなと言われている伴右衛門は、眉間《みけん》の皺《しわ》を深くした。

「傲慢《ごうまん》にもほどがある。あのような者に嫁げば花は不幸になるに決まっているから、大叔父であるわたしが、結納をなかったことにします」

止める一成を振り切って出ようとした時、目の前を女が走っていった。

「お樹津、何をする」

一成が声をかけても止まらぬお樹津は、孝次に近づいたため、家来に取り押さえられた。

「瑠璃様を責めないでください」

懇願《こんがん》するお樹津に、孝次が厳しい目を向ける。

鷹のように鋭い眼光に、ひっ、と小さな悲鳴をあげたお樹津は、地べたに突っ伏した。

「花お嬢様は、京橋の菱屋におられます」

すると孝次は瑠璃を睨んだ。

「無事なのであろうな」

瑠璃は目をつむり、こくりとうなずく。

「大叔父の見舞いに行っているだけです」

「隠したのが信用ならぬ」

孝次は小太郎に言う。

「菱屋にまいる」

「はは！」

孝次を先頭に、屈強な男たちが去るのを見た伴右衛門は、顔面を蒼白《そうはく》にした。

「まずい、あの剣幕だと、店を破壊されるかもしれない」

花を閉じ込めているのを見られたらおしまいだと一成に言った伴右衛門は、慌てて表門へ走った。

待たせていた駕籠に乗り、駕籠かきに言う。

「たった今出ていかれたお武家様より先に店に帰るんだ。うまくいけば褒美《ほうび》をやるから急いでくれ」

喜んだ駕籠かきたちは、張り切って走った。

だが孝次の足には勝てなかった。

伴右衛門が着いた時には、騒ぎが起きていた。

戸口にいた手代《てだい》が、血相を変えて言う。

「大変です旦那様」

「わかっている。藤堂様はどこだ」

「裏庭におられます」

急いで行った伴右衛門は、その光景にあっと息を呑んだ。花を見張らせていた伴吉が庭で正座し、首に大刀《だいとう》の刃を向けられていたからだ。

「花を辛い目に遭わせる者は誰であろうと許さぬ。覚悟しろ」

この声が聞こえた伴右衛門は、孝次の前に出て平身低頭した。

「藤堂様、お待ちください」

焦る伴右衛門に、孝次が鋭い目を向ける。

「あるじの伴右衛門でございます。花の大叔父でございます」

「誰だ」

　すると孝次は刀を引き、鞘に納めた。そして片膝をついて頭を下げる。

「頼みます。花に会わせてください」

　この態度に、伴右衛門は驚いた。真島家で見た様子とはまったく違うからだ。花が真島家の女たちから辛い目に遭わされているのを知っているからこそ、あのような態度に出たに違いない。

　そう確信した伴右衛門は、恐れた顔をしている女中たちに、花を連れてくるよう命じた。

　程なく花が出てくると、孝次は立ち上がって向かう。

「怪我《けが》はないか」

　別人のように穏やかになっている孝次を見た伴右衛門は、嬉しそうな花を見て、安心した。そのいっぽうで、寂しさも込み上げるのだった。

　実に誠実で、真っ直ぐに花を想う孝次の気持ちが伝わった伴右衛門は、恐怖のあまり放心している伴吉の腕をつかんで立たせ、声が二人に届かぬ場所まで引っ張った。

「怖い思いをさせてしまったな」

「旦那様」

いいのです、と言って首を左右に振る伴吉に、伴右衛門は真顔で告げる。

「花を跡継ぎにするのはあきらめよう。お前には、またいい相手を探すから」

伴吉は残念そうな顔をしたが、庭にいる二人を見て言う。

「少しのあいだでも、いい夢を見させていただきました」

「わかってくれるのかい」

「もちろんです。わたしなど、藤堂孝次様に敵《かな》う気がまったくしませんから」

そう言って笑う伴吉に、伴右衛門は微笑んだ。


孝次に連れられて菱屋の表に出た花は、伴右衛門の見送りを受けた。

「花、すまなかった」

孝次との仲を疑い、花を引き取って跡継ぎに考えていたとすべて明かした伴右衛門に対し、花は怒る気になるはずもない。

「どうかもう、頭を下げないでください。大叔父様のお気持ち、嬉しく思います」

「そう言ってくれると、救われるよ」

恐縮する伴右衛門は、孝次に目を向けた。

「孝次様、どうか花をお願い申します。幸せにしてやってください」

「うむ」

「二人が夫婦になった時には、この菱屋伴右衛門が、孝次様の商《あきな》いのお力にならせていただきますぞ」

「それはありがたい」

孝次は素直に頭を下げる。

「何とぞお頼み申す」

「あいや、頭を上げてください」

「花の大叔父なれば、わたしにとっても身内でございますから」

孝次はそう言うと、唇だけに薄い笑みを浮かべるのだった。

これが孝次の精一杯の笑顔だと知っている花は、伴右衛門に言う。

「大叔父上、孝次様もお喜びです。どうかよしなにお願い申します」

伴右衛門は嬉しそうに応じた。

「きっと幸せになるから、しっかりな」

「はい」

「また、いつでも遊びにおいで。孝次様も」

「では、これにて」

孝次は頭を下げ、花も続いた。


孝次に連れられて真島家に帰ると、一成が迎えた。

「孝次殿、我が母が勘違いをさせてしまったようで、申しわけのうございました」

「病と偽り会わせようとしないのを勘違いさせたとは、どういう意味だ」

「お許しください」

厳しく問う孝次に、一成は頭を下げるばかりだ。

「もうよいのです。大叔父と会えましたから」

花はそう言って孝次を促し、離れに戻った。

離れの座敷で向き合った孝次は、花の目を見て言う。

「伴右衛門殿をけしかけたのは瑠璃殿に違いない。相手が親戚だったからよかったが、次はどの手でくるかわからぬゆえ、決して油断するな」

「はい」

孝次は花を抱き寄せた。

「とにかく、無事でよかった」

「孝次様……」

「このまま屋敷に連れて帰りたいが、今のところは、祝言を挙げるまでできそうにない。だが望みを持って待ってくれ。辛くなった時は、躊躇《ためら》わずわたしを頼るがいい。屋敷の場所は、ここに記した」

道順の紙を受け取った花は、孝次を見つめた。

「瑠璃殿は、保身のためならなんでもする狡猾な女と見た。くれぐれも、信用するな」

「肝に銘じます」

うなずいた花は、ふたたび孝次の胸に抱かれて安堵し、この人と夫婦になるのだと思うと、胸が高鳴るのだった。

# 第四章

# 生涯の伴《はん》侶《りょ》

一

「いや……、あ……」

快楽に喘《あえ》ぐ瑠璃《るり》は、決して許されぬ情事を重ねている大橋《おおはし》に抱き付き、我を忘れて男の耳たぶに嚙《か》み付いた。

色白の裸体を反《そ》らせて果《は》て、しばらく動けないでいた瑠璃は、横で仰向けになっている大橋の胸板に頰《ほお》を寄せた。

「今日は、人が違ったみたいだったわ」

「奥方様を待ち望む日が続いておりましたから」

「ここでは瑠璃と呼んで」

「はい……」

瑠璃が危険を冒《おか》してまで大橋を寝所に招き入れたのは、他でもない、藤堂孝次《とうどうたかつぐ》のことを調べたと言うからだ。

どうやら悪評は、孝次が人を雇《やと》って流していたらしい。その理由は、数多《あまた》の縁談を断るためだった。

「孝次殿の話に戻るけど、わたしは、そこまでいい男には見えないのよ。霞《かすみ》は、あの男のどこがいいのかしら」

大橋は身を起こし、瑠璃と目を合わせた。

「そのことで、まだお伝えしていない話がございます」

「もったいぶらずに言いなさい」

頬をつねると、大橋は居住まいを正した。

「孝次殿の財力はかなりあるようで、目付《めつけ》の役目も、自ら辞したようなのです」

瑠璃は驚いた。

「どうしてです」

「出入りを許されている商家の者が申しますには、孝次殿は、揺れ動くこの世の先を見据えており、将来は旗本の身分すらも手放すという噂《うわさ》もあるそうです」

「それでは不忠者ではないか」

瑠璃は罵《ののし》るが、肚《はら》の中の考えは別だ。母として、霞が嫁《とつ》ぐ相手としては、悪くないと思うのである。

藤《ふじ》に代わって奥向きを差配《さはい》することとなった瑠璃は、当然内証《ないしょう》にも触れる。幕府の屋台骨が揺らいでいるせいで支出が増え、自由に動かせる金は減り続けているため真《ま》島《しま》家の陰《かげ》りを感じており、これからは武家の時代ではないとも思っている。

それは、大名家も同じだ。身分さえ危ぶまれている武家よりも、土地と商《あきな》いで富を得ている孝次のほうが、霞は幸せになれるだろう。だがそれには、噂どおりの、確かな財があるかが問題だ。

「そなたが言うほど、孝次殿は財を蓄えているのですか」

「あくまで噂でございますが、並の大名よりも勝《まさ》っていると思われます」

財に聡《さと》い瑠璃の目が、怪しく光る。

「御目付役ゆえ、忠義に厚いと思うていましたが、したたかな男です」

大橋は憤《いきどお》りを表情に出した。

「商人の真似事《まねごと》をするなど、武家の風上にも置けませぬ。殿がお知りになれば、どう思われましょうか」

「真島家は徳川《とくがわ》譜代の名門です。藤堂の本家も同じく名門ですが、孝次殿は分家ゆえ、忠義より財に重きを置いているのでしょう」

「おっしゃるとおりかと。となると、商人の娘の子である花《はな》お嬢様にとって、よい相手です。霞お嬢様には、やはり信義《のぶよし》様がお似合いです」

「されど花には、孝次殿はすぎたる相手でしょう」

失言を詫《わ》びた大橋は、もはや瑠璃の手の平で転がされている。

背中を丸める大橋の顎《あご》をつまんで顔を上げさせた瑠璃は、目を近づけ、光沢《つや》がいい唇《くちびる》を開く。

「今は花のことより、菊《きく》に文《ふみ》を送り、藤殿と桜《さくら》の現状を教えてやらなければなりませぬ」

「え？」

どうして今更、と言いたそうな大橋に、瑠璃は今はすべてを告げずに、唇を重ねて押し倒した。

瑠璃の意のまま動く大橋が文を届けた翌日、藤の軟禁と、桜の不遇を知った菊が真島家に戻ってきた。

「瑠璃殿、どうしてあなたが母の部屋を使っているのです」

きりきりとした声で責めたてる菊に対し、瑠璃はあたかも、仕方がないといった体で答える。

「殿のお許しが出るまでのあいだですから、そう怒らないの」

「なんですか、その言い方は」

「いいではありませぬか、奥を差配する身とすれば、菊は娘ですもの」

憤怒の表情をした菊は怒鳴ろうとしたようだが、ため息に変わった。

「とにかく母に会います。どこにいるのです」

「なりませぬ」

厳しく諫《いさ》めたのは大橋だ。

「幽閉の身でございますから、いかにお嬢様でも許されませぬ」

怒りのあまり癇癪《かんしゃく》声を吐き出す菊を冷静に観察した瑠璃は、控えている澤《さわ》にうなずく。

前もって命じたとおり、澤は桜を連れてきた。

「お姉様」

泣き付いた桜は、瑠璃が思ったとおり花を罵りはじめた。

「すべて花が悪いのです。花のせいで、母上は暗い部屋に押し込まれ、今はわたしが話しかけても上の空で、口を開けば、ふきが来るまでは楽しかったと、そればかり」

泣きじゃくる妹を抱き寄せた菊は、

「わたしが、仇《かたき》を取ってやる」

恨みに満ちた顔でそう言うと、澤に花を連れてくるよう命じた。

澤から指示をあおぐ顔を向けられた瑠璃は、仕方ないといった具合にうなずく。

程なく、お梅《うめ》を従えた花が庭から来た。

艶《あで》やかで美しい花模様の振袖《ふりそで》姿を見た菊は、武家の妻女として地味な身なりの己とくらべて、嫉妬《しっと》の顔つきをする。

草履《ぞうり》を脱《ぬ》いで上がってきた花に、菊は目くじらを立てる。

「誰が上がれと言いましたか」

花は驚いた顔をして、慌てて廊下でひざまずいた。

桜が泣き腫《は》らした目を向け、ざまをみろという顔をしている。

花の前に立った菊は、憎々しく告《つ》げる。

「卑《いや》しい身分の女から生まれたくせに偉そうに。わたくしの前で不遜《ふそん》な態度を取った罰《ばつ》を与えねばなりませんね。誰か、花の頰を打ちなさい」

すぐさま応じて来たのは、菊の警固をさせるために北条《ほうじょう》が付けていた侍女二人だ。

切れ長の鋭い目つきをしている侍女が、命じられたとおりになんの躊躇《ためら》いもなく右手を上げ、花の左頬を平手打ちした。

容赦《ようしゃ》のない平手打ちに、乾いた音が響く。

姿勢が崩れるほど叩かれた花は、侍女がふたたび振り下ろした手を受け止めて、抵抗した。

それでも執拗《しつよう》に頬をぶとうとする侍女を、花は押し離した。

すると侍女がよろめき、廊下の柱に頭をぶつけて倒れた。気を失った侍女の額《ひたい》から血が流れるのを見た菊が、金切り声をあげた。

「なんてことをするのです！」

藤に似た声に、花は耳を塞《ふさ》いで萎縮《いしゅく》した。

倒れた侍女は、澤に介抱されて意識を取り戻したが、痛いと言って泣いた。

「この痴《し》れ者め！」

菊が怒りをぶつけ、花の顔を閉じた扇で打った。

廊下に倒れた花は、侍女を指差す。

「あの者は、自《おの》ずからぶつかりました」

勇気を出して主張するも聞き入れられず、菊はふたたび扇を打ち下ろし、花の肩を打った。

止めた瑠璃が、大橋に言う。

「このような乱暴者を嫁に出しては、真島家の恥になりませぬか」

水を向けられた大橋は戸惑《とまど》うも、瑠璃に逆《さか》らうはずもない。

「殿は、花お嬢様のご縁談を瑠璃様に一任されてございます」

うなずいた瑠璃は、皆に告げる。

「では菊、花の縁談を破談にして軟禁しますから、侍女に怪我《けが》を負《お》わせたことを許していただけるよう、北条殿に計らってちょうだい」

菊は、息を呑《の》む花の前に行き、頬をたたいた。

「わたしの侍女に詫《わ》びなさい！」

頭を押さえつけられた花は、仕方なく詫びるのだった。

「お許しください」

すると菊は、したり顔をして皆に告げる。

「ほらみなさい。罪を認めました。やはり花は、痴れ者ですよ。瑠璃殿、もっと重い罰を与えるべきではありませぬか。幽閉では、我が夫は納得しませぬ」

瑠璃は困ったような顔で問う。

「では、どのような罰を望むのです」

菊は、ひざまずいている花を見くだす。

「そうね、石抱きが妥当《だとう》かと」

膝《ひざ》の骨が砕けることもある重い罰だ。

皆が騒然とする中、花は菊を突き飛ばした。

菊が金切り声をあげる。

「この者を捕まえなさい！」

菊の侍女が応じて捕まえようとするが、お梅が腰にしがみ付いて邪魔をした。

「花お嬢様、逃げて！」

花は、真島家の侍女や下女たちが戸惑っているあいだに庭から走り去った。

菊がお梅を侍女から離し、頬をぶった。

倒れて、唇から血を流すお梅を捕らえた菊が、菊の侍女に叫ぶ。

「何をしているのです！　花を捕まえに行きなさい！」

「はい」

額の傷を忘れたように、侍女が追ってゆく。

菊がお梅を突き放した。

「下女の分際でわたしの邪魔をするとは何ごとか。許さぬ！　大橋、この女を手討ちにしなさい！」

気性が激しい菊に、大橋は困惑した。

「お嬢様、それを命じられるのは殿だけです」

「お前がせぬなら、わたしが」

懐剣に手をかける菊を止めた瑠璃が、耳元でささやく。

じっと睨《にら》んだ菊は、

「ふん」

と吐き捨てて手を振り払い、お梅を見下ろす。

「お前は愚鈍《ぐどん》な下女なのだから、せいぜい、その身体《からだ》で役に立つがいい」

泣いているお梅に嘲笑《ちょうしょう》を浮かべた菊は、瑠璃に言う。

「母上に会います」

交換条件だとばかりに告げる菊に、瑠璃はいつもの優しい笑みを浮かべる。

「仕方ないですね。桜、案内してあげなさい」

瑠璃と目を合わせようとしない桜は、菊を連れて廊下の奥へ向かった。

瑠璃は息子に向く。

「一成《かずなり》殿、学問所に遅れないようにしなさい」

女たちの戦いに恐々としていた一成は、逃げるように立ち去った。

侍女と下女たちを下がらせた瑠璃は、座敷で大橋と向き合って座ると、桜色の唇に愉快そうな笑みを浮かべた。

「どう？　わたしの筋書きどおりに運んでいるでしょう」

大橋は、恐ろしい物でも見るような顔をしている。

「奥方様は、先が見えるのですか」

「娘たちが乳飲《ちの》み子の時から見ているのですから、何を考え、どう動くかわかるだけです」

「いやぁ」

「信じられないの？」

「わたしの母は、息子のことがわかっておりませぬから」

「少しだけ、想像する力が勝《まさ》っているだけよ」

大橋は感服したようにうなずく。

「在府の旗本が総登城する日に菊お嬢様が来られるのも、思惑のうちですか」

「うふふふ」

笑ってはぐらかしたものの、孝次が来ないとわかっていて菊に文を送ったのは確かだ。藤に似たところがある菊が花に激昂《げっこう》するならば、その日に来ずとも、翌日には必ず現れると読んでの行動だ。

そしてもう一人、意のままに動く捨て駒《ごま》が手のうちにある瑠璃は、炯々《けいけい》たる目を外に向け、大橋に言う。

「ふき殿には気の毒だけど、死んでしまっては、娘を守ることすらできないわね」

大橋は、見開いた目を瑠璃の横顔に向けた。

二

後ろを振り向きながら番町《ばんちょう》の四辻《よつつじ》を真《ま》っ直《す》ぐ進んだ花は、菊の侍女たちから逃げている。

向かっているのは四谷《よつや》だ。孝次が屋敷の場所を書いてくれた紙を離れに置いたままにしていた花は、四谷まで行き、辻番で教えてもらうつもりだ。

「待ちなさい！」

声を張り上げる侍女から逃れるため、花は前を見て足を速めた。だが人がいない武家屋敷の通りに入った時、勘七《かんしち》が路地から出てきて、前を塞いだ。

花はぎょっとして立ち止まり、後ずさりした。

勘七は、まるで待ち伏せをしたかのごとく、意地の悪そうな笑みを浮かべると、すぐに笑みを消し、どんよりと暗い眼差《まなざ》しで口を開く。

「花お嬢様よう、どうしてくれる」

「何をですか」

「惚《とぼ》けるんじゃねえよ。お前のせいで子分が島送りになっちまった。可哀《かわい》そうに、残された女は寂《さび》しいと言って、毎日泣いているんだぜ」

「逆恨《さかうら》みはよしなさい」

毅然《きぜん》と言い返す花に、勘七は笑っておどけた態度をした。

「そう、逆恨みだ。そしてその逆恨みのせいで、お前はここで死ぬ」

笑みを消して眼光に殺気を宿した勘七は、懐《ふところ》に手を入れて刃物を抜いた。

切っ先を花に向け、ぶつかるように襲ってくる。

恐怖で悲鳴も出ぬ花は、無我夢中で右に足を運び、突き出された切っ先をかわした。

「野郎！」

かわすとは生意気だと言わんばかりに激昂した声を吐いた勘七は、ぺっ、と柄《つか》に唾《つば》を飛ばしてにぎりなおし、慎重に間合いを詰めてくる。

菊の侍女たちは、助けるでもなく見ており、花がそちらに行けば、逃げられないよう両手を広げた。

花は勘七に向き、刀袋の紐《ひも》を解《ほど》いて懐剣を抜いた。

だが勘七は、不気味な笑みを浮かべて近づいてくる。

勘七が振り上げた刃物を受けようとしたのだが、手から懐剣が飛ばされた。息を呑んだ花は、悲鳴すら出ずに後ずさった。

「往生《おうじょう》しな」

そう言った勘七が、花の胸に切っ先を向けて突き出した。

恐怖に目をつむった花の耳に、がき、という音と、勘七の叫び声が響いた。

目を開けた花は、瞠目《どうもく》した。手首を押さえて下がる勘七に刀を向けた孝次がいたからだ。

地面に落ちた刃物を拾おうとした勘七だったが、孝次に肩を峰打《みねう》ちされ、呻《うめ》いて倒れた。

痛みに苦しむ勘七に刀を向けた孝次が厳しく問う。

「誰の差し金で花を殺そうとした。白状すれば命だけは助けてやる」

すると勘七は、痛む肩に手を当てて顔を歪《ゆが》めていたが、

「お春《はる》だよう」

と言って、嘲《あざけ》る笑みを浮かべた。

黙って睨む孝次に、勘七は叫んだ。

「どうした。殺しやがれ！」

「そうか」

孝次は静かな口調で答えると、刀の刃を返して振り上げた。

ぎょっとする勘七。

花は焦《あせ》り、

「やめて！」

咄嗟《とっさ》に叫ぶも、孝次は気合をかけて振り下ろした。

袈裟《けさ》斬りを辛うじてかわした勘七は、右の袖が切られているのを見て息を吞んだ。

本気だとわかり、ふたたび刀を振り上げた孝次に手を合わせて命乞《いのちご》いする。

「わかった！　ほんとうのことを言うから、命だけは助けてくれ！」

「さっさと言え！」

孝次に声を張りあげられ、びくりとした勘七は口を割ろうとしている。

瑠璃だと言うはず。

そう思って聞いていた花は、両腕をつかまれてはっとした。菊の侍女たちが強い力で引き、花を連れ戻しにかかった。

「孝次様！」

叫ぶ花に振り向いた孝次が、

「待て！」

侍女たちを止めに来た隙《すき》に、勘七は走り去った。

孝次は勘七を追わず、花から侍女を離した。

そこへ、菊と桜が来た。

桜から孝次だと教えられた菊が、臆《おく》することなくきつい口調で言う。

「藤堂殿、邪魔をすると許しませぬぞ」

孝次は、鷹のように眼光を鋭くする。

「お前は誰だ」

菊は気高そうに顎を上げる。

「北条氏実《うじさね》の妻です」

「ということは、ひと月もすれば義姉になるのか」

「それはどうかしらね。花を返しなさい」

孝次が言うとおりにするはずもなく、花の手を放さない。

「わたしの許嫁《いいなずけ》を酷《ひど》い目に遭わせる者に渡しはしない」

菊は、きっとした目をする。

「御公儀に訴えますよ」

すると孝次は、重々しく告げる。

「今の御公儀が、このような小さなことに構うと本気で思っているならやめておけ。北条殿の立場が悪くなるだけだ」

菊は怒りの表情で詰め寄ろうとしたのだが、侍女の二人が止め、額を怪我しているほうが小声で諫《いさ》める。

「奥方様、殿から騒ぎを起こすなと言われているはずです」

菊は何も言えなくなり、睨むのが精一杯だった。

孝次は刀を鞘《さや》に納め、真顔で菊に告げる。

「命を狙われた許嫁を返すわけにはいかぬと、瑠璃殿に伝えよ」

「待ちなさい」

孝次は聞く耳を持たず、花の手を引いた。

「わたしと一緒に帰ろう」

優しく声をかけられた花は、地団太《じだんだ》を踏む菊に振り向くことなく、孝次の横顔を見ながら歩みを進めるのだった。

「怪我はないか」

「はい」

「いったい何があった」

歩きながら問われた花は、菊から受けた仕打ちを隠さず打ち明けた。

すると孝次は、驚いたように立ち止まり、花の顔を見てきた。

じんじんしている左の頬を触られて、

「痛っ」

思わず声が出た花に、孝次はたじろいだ。

「すまない。急いで帰ろう。早く手当てをしなければ。他に痛いところはないか」

酷い慌てぶりに、花は申しわけない気持ちでうなずく。

「大丈夫です。頬も……」

馴《な》れていますから、という言葉が口先まで出かかったが、これ以上孝次を怒らせるのは悪い気がして、首を左右に振った。

「平気です」

「そうか。でも手当てはしたほうがいい」

そう言って花の足下を見た孝次は、はっとした顔をした。

「すまぬ。気が付かなかった」

花も言われて、自分が裸足《はだし》で逃げてきたのを思い出した。

孝次がしゃがんだ。

「負《お》ぶされ」

「えっ」

花はどきりとして、あたりを気にした。人が歩いていたため躊躇っていると、孝次が言う。

「負ぶさらぬなら、抱いて帰るぞ」

そのほうが恥ずかしいと思った花は、言われるまま身を預けた。孝次の背中は、思っていたよりも広く、

「温かい」

思わず頬がゆるんだ花は、人に見られても気にならないほど、胸が熱くなった。

孝次の屋敷は、四谷御門《ごもん》内にある。

表門は千石相応の構えで、真島家よりは小ぶりだ。

門の前を箒《ほうき》で掃いている小者《こもの》と談笑していた小太郎《こたろう》が、戻る孝次に気付いて駆け寄ってきた。

「若様、お忘れ物ですか」

声をかけたが、背中に花が負ぶさっているのを見て口をあんぐりと開けた。

「わっ！　花お嬢様を攫《さら》ってきたのですか！」

孝次は門から入りながら言う。

「小太郎」

「はい」

「つまらぬことを想像した罰だ。今から門の前に立っておれ。誰も入れるな」

「ご命令のままに！」

快諾した小太郎は、花を連れて入る孝次を見送り、小者に言う。

「冗談《じょうだん》が通らぬとなると、よほどのことがあったようだぞ」

「そのようで」

「いいか、誰も入れるな」

小太郎は小者に命じると、孝次を追って入った。

中は思ったより広かった。

手入れが行き届いており、玄関わきには、大きな蘇鉄《そてつ》がある。その蘇鉄の周囲を箒で掃いていた下男が、孝次に気付いて頭を下げようとしたのだが、花をおんぶしているのを見て驚いたような顔をした。

そのまま外を歩いて母屋《おもや》の裏手に回った孝次は、黒光りがする縁側に花を下ろした。

花は、広い敷地を来るあいだ、下男にしか会わなかったことを不思議に思うのだった。

その心中を察したように、孝次が言う。

「真島家にくらべ奉公人は少ないのだ。屋敷が無駄に広い」

すると、若党が水桶《みずおけ》を抱えて来ると、孝次に渡して花に頭を下げ、走り去った。

どこで見ていたのだろうと花は思ったが、同時に、あるじと家来の結束の固さを見た気もした。

足に触れられた花は、慌てた。

「自分でやります」

「いいからじっとしていろ」

水に浸《ひた》されて痛みが走り、花は驚いた。いつの間にか、足の裏を切っていたのだ。

「我慢できるか」

「はい」

口は厳しくとも、傷を洗う手は優しい。傷口の砂を丁寧《ていねい》に取ってくれた孝次は、軟《なん》膏《こう》を塗《ぬ》った布を当てて、晒《さらし》を巻いて手当てを終えた。

「立てるか」

手を添えてくれる孝次にうなずいて立ち上がった花は、右足のつま先を浮かせて歩き、八畳間に入った。

「今日からここが、花の部屋だ」

孝次にそう言われて、花は部屋の中を見た。床《とこ》の間には涼しそうな色の菖蒲《あやめ》が描かれた掛《か》け軸《じく》があり、襖《ふすま》には、蝶《ちょう》が飛ぶ和《なご》やかな雰囲気の絵が描かれている。どう見ても、殿方の部屋ではないように思えた花は、孝次に顔を向けた。

「気に入ってくれたか」

先に問われて、花は、やっぱり、と思った。

「わたしのために……」

「ぼちぼち、迎える支度《したく》を整えているのだ」

ぼちぼちは、照れ隠しのように思えた。畳まで新しいからだ。

「腹が減っているだろう。待っていろ」

孝次が出ていこうとしたところへ、小太郎が来た。

「お待たせしました」

手に持っている折敷《おしき》には、二人分の饅頭《まんじゆう》と湯呑み茶碗《ぢやわん》が載せてある。

孝次は不機嫌《ふきげん》になる。

「表に立っていろと言ったはずだ」

「人を増やして守らせておりますから、ご心配なく。それよりそれがしは、お二人の腹の具合が心配で」

どうぞ召し上がれと差し出された饅頭を、花は手に取った。

孝次は表情を穏やかにして小太郎に言う。

「今日から花が泊まる」

小太郎は嬉《うれ》しそうに応じて、花を見てきた。

「それがようございますね。ここでは怪我をされることなどありませぬから」

門前で花の足を見ていたに違いない小太郎は、孝次に頭を下げ、門に戻ると告げて出ていった。

孝次が花を見て、心配そうな顔をした。

「どうした。傷が痛むのか」

花はかぶりを振る。安心したのも束《つか》の間《ま》で、助けてくれたお梅のことが気になっていたのだ。

そのことを正直に伝えると、孝次も表情を曇《くも》らせた。

## 三

自分の部屋で知らせを待っていた瑠璃は、庭で菊と桜の声がしたので廊下に出た。

せっかくの着物が着崩れているのを整えもせず、姉妹はよく似た声で会話をしている。

聞こえてくるのは、花を罵るのと、孝次が忌々《いまいま》しいという言葉。

瑠璃に気を遣うそぶりも見せず花の悪口を言いながら、姉妹は藤がいる奥へ向かおうとするため、呼び止めた。

「花はどうしたのです」

すると菊が立ち止まり、そこにいたのか、という態度で戻ってきた。菊の侍女たちは、申しわけなさそうに背中を丸めた。

菊は、瑠璃の本性を見たとばかりに、蔑《さげす》んだような顔で言う。

「花が逃げるように仕向けて外で襲わせるとは、恐ろしい人ね」

瑠璃は動じず、驚いて見せた。

「花が襲われたのですか」

すると桜が声を張った。

「惚けないで。勘七を見たのですから」

「なんですって、勘七が花を襲ったのですか」

今初めて知ったと言わんばかりの瑠璃に、菊が鼻で笑う。

「したたかな人ね。恐ろしいわ」

「どうしてわたしが勘七を操れるのですか。言いがかりはやめて、花のことを教えなさい。どこにいるのです」

桜の目をじっと見ると、桜は目をそらした。

藤の待遇が悪化するのを恐れているのが手に取るようにわかる瑠璃は、答えなさい、と強い口調で促した。

菊はそっぽを向くが、桜は口を開く。

「花は、孝次殿が連れて帰りました」

瑠璃は舌打ちをしそうになり、気持ちを落ち着かせた。

「今日は登城のはず。どうして……」

役目を返上したからだろうと自分で納得した瑠璃は、花の強運に歯がゆい思いをするのだった。次の手を考えなければ、せっかく嫁ぐ気になった霞の熱が冷めてしまう。なんとしても花から孝次を奪うために思い付いたのは、信義を動かすことだ。好きなくせに、馬鹿みたいに遠慮《えんりょ》をしている信義を奮い立たせるにはどうすればいいか。

一晩考え抜いた瑠璃は、朝のあいさつをしに来た一成に告げた。

「一成、このままでよいのですか」

皆を語らずとも、一成は神妙な顔を横に振る。

「では今すぐ、信義殿を連れてきなさい。母が話します」

「わかりました」

瑠璃が知恵者だと知る一成は、すぐに動いた。

信義が来たのは、昼前だ。

一成と並んで座る信義は、話に聞いていたとおり元気がなく、

「少し、痩《や》せましたか」

そう思った瑠璃が声をかけると、信義は悲しそうな笑みを浮かべた。

「食が細いせいでしょう」

「いい若者がいけませんね」

「はあ」

目を下げる信義に、瑠璃は切り出す。

「そうやって落ち込んで、ほんとうに花をあきらめられるのですか」

「えっ」

恋心を知られていると思ったのだろう。目を見張る信義に、瑠璃は微笑《ほほえ》む。

「幼い頃から見ているのですから、信義殿が花に向ける想《おも》いはわかっていました」

一成が驚いた。

「母上、いつから気付いていたのですか」

瑠璃は、二人の会話を盗み聞きしていただけに、話を変えた。

「そんなことより信義殿、今も未練があるなら、力になります」

信義は、助けを求めるような顔をして身を乗り出す。

「忘れようと思ってもできませぬ。花を娶《めと》りとうございます」

「そこまで想っているのに、どうして黙っていたのです」

信義は沈痛な面持《おもも》ちで下を向いた。

「父の帰りを待っていたからです。許しを得たのちに縁談を申し込もうとしたわたしの間違いでした。孝次殿のように、己の気持ちのままに動けばよかったと、後悔しています」

瑠璃は、臆病《おくびょう》で馬鹿な子、と胸のうちではそう思いながらも、寄り添った。

「そなたは名門を背負って立つ身ですから、慎重になって当然です」

一成が続く。

「母上が言われるとおりだ信義、父上が許されていても、花の縁談については母上に一任されているのだから、まだ望みはある」

「しかし、花が孝次殿との縁談を受け入れているではないか」

「ああじれったい」

瑠璃が声を張る。

「痩せるほど花を想っているのですから、自分のものにしてしまいなさい」

信義と一成が同時に瑠璃を見た。

「母上、そんなことをすれば、信義が花に嫌われるだけです」

諌められても、瑠璃は止まらない。

「花はまだ、心底殿方に想いを寄せたことはないのだから、大丈夫よ。今はただ、暗くて辛《つら》い場所から救い出してくれる孝次殿を頼る気持ちを、恋心と思い込んでいるだけだから、身もこころも奪い返しなさい」

見る見る表情を明るくした信義は、立ち上がった。

「わかりました。これから花を迎えに、藤堂家に行きます」

「お待ちなさい」

瑠璃は手を引いて座らせると、二人に告げる。

「正面から行っても、孝次殿が花に会わせるはずもないから、一成には少しだけ、辛い目に遭ってもらいます」

そう言った瑠璃は、簞笥《たんす》の引き出しから取り出した紙包みをひとつ、一成に渡した。

「この腹下しを飲むのです」

一成はいぶかしそうな顔をする。

「どうしてわたしが」

「花を取り戻すための口実を考えていたのですが、孝次殿は、よほどのことがない限り花を手放さぬでしょう」

「仮病ではだめですか」

「その手は、菱屋《ひしや》伴《ばん》右衛《え》門《もん》の時に使いました」

一成は、薬を見つめた。

「わたしは、腹下しの薬を飲んだことがありませぬから、不安です」

瑠璃が言う。

「お腹が痛くなるだけで死にはしませぬから、安心なさい。花を取り戻すためです」

一成はうなずき、友のために粉薬を口に入れた。

四

花は孝次に誘われて、茶室にいた。

孝次が点《た》ててくれた茶は、香りがよくて泡の口当たりが柔らかい。

「美味《おい》しい」

思わず顔がほころんだが、花は慌てて居住まいを正した。

「けっこうな、お点前《てまえ》でございます」

「二人の時は、気を楽にしてくれ」

孝次は作法を無視して茶を飲み干して見せた。

唇に泡が付いていたので、花が懐紙で拭《ぬぐ》ってやる。

ふと目が合い、花は恥ずかしくなって離れようとしたが、孝次が手をつかんだ。

外で小太郎の咳《せき》ばらいがしたため、見られるのが恥ずかしい花は孝次の手を離して背を向けた。

「若、よろしいですか」

「なんだ」

静かな口調で答える孝次に、小太郎は障子を開けずに告げる。

「真島家の大橋殿が、花お嬢様をお迎えにこられました。一成殿が急病とのことです」

「兄上が……」

花は障子を開けた。

「どこが悪いのですか」

小太郎は片膝をついたまま答える。

「大橋殿は子細を教えてくれませぬが、今朝、突然お倒れになったそうです」

花は小太郎に付いて表に急いだ。

待っていた大橋が、焦った様子で花に告げる。

「お嬢様、帰りましょう」

「兄は、そんなに悪いのですか」

「今朝から酷く苦しんでおられます。うなされながらもお嬢様を心配しておられますから、無事なお姿を見せるよう、瑠璃様が願われてございます」

「罠《わな》ではないのか」

孝次が言うと、大橋は不機嫌な顔をした。

「罠とはなんですか。若様は花お嬢様を可愛《かわい》がられておられるのですぞ」

「そのほうのことを申しておる」

厳しく言われて、大橋は顔に怒気を浮かべた。

「無礼でございますぞ」

「そのいかにも怒った態度も信用できぬゆえ、わたしも共に見舞いができるならば、花を連れていこう」

「お好きにしてくだされ」

大橋が、とにかく急いでくれと言うものだから、花は、ほんとうに重い病ではないかと心配になり、急いで戻った。

その途中で、小太郎がこっそり孝次に言った言葉が、花の耳に届いた。今夜、客が来ることになっているらしく、小太郎は遅くなりはしないか案じているのだ。

花は申しわけなく思い、一人で帰ると言おうとしたのだが、孝次が先に、小太郎に言った。

「いらぬ心配だ」

何も言えなくなった花は、足を速めた。

奥御殿で臥《ふ》していた一成は、激しい腹痛と嘔吐《おうと》に苦しんでいた。そんな一成を見たことがない花は心配になり、庭から縁側に上がろうとしたのだが、孝次が止めた。

「流行《はや》り病だといけぬから離れていたほうがいい」

近寄ることを許されぬ花は、遠くから声をかける。

「兄上！」

すると、桶に嘔吐していた一成は、落ち着いてから顔を上げ、青くて具合が悪そうな顔に、無理をして笑みを浮かべた。

「おお、戻ったか。お前がいないと心配だから、今夜だけでも、そばにいて安心させてくれないか」

花は孝次の手を離して顔を見上げた。

「兄がいれば危なくありませんから、看病をさせてください」

孝次は、周囲を見て言う。

「胡散《うさん》臭いと思わぬか」

「いつもと変わりはありませぬが、何か気になりますか」

「瑠璃殿や、姉たちがこの場におらぬのが気になる。一成殿がかかってしまった流行り病を、そなたに移そうとしているのではあるまいか」

まるで声を聞いていたかのように、瑠璃が廊下の角を曲がって来た。

「孝次殿ご安心ください。一成は流行り病ではありませぬ。ただ、この子は花を可愛がっていますから、昨日のことで心配するあまり胃の腑《ふ》が弱ったのだと、医者が申しておりました。花の顔を見せるのが一番の薬だと言われたものですから、知らせに行かせたのです」

「まるで爺《じい》さんが孫娘を案じているようなことを言う。ますます胡散臭い」

そうささやかれた花が見上げると、孝次は鼻で笑い、瑠璃に向く。

「そうやって戻して、花を罰するつもりではないのですか」

疑いを解かぬ孝次に、瑠璃は首を左右に振る。

「菊は北条家に戻りましたから安心してください。ただ……」

何か言いたそうな顔を花に向ける瑠璃に、孝次が問う。

「ただ、なんです」

「いえ、当家の下女のことですから、お気になさらずに」

瑠璃から含んだ目を向けられた花は、はっとした。

「お梅のことですか」

「わたしは許すように言ったのですが、逆らった下女を不問にしては、家中の秩序が乱れると申す者がいるのです」

「お梅を、どうしたのですか」

焦る花に、瑠璃は悪びれもせず答える。

「二十日間の押し込めの罰を受けさせています」

暗い蔵に閉じ込められ、食事も僅《わず》かしか与えられない辛い罰だ。

身をもって辛さを知る花は、お梅を案じた。

「わたしを助けてくれようとしたのですから、許してください」

「それはなりませぬ」

孝次が口を挟んだ。

「許さぬのは、花を痛めつける邪魔をするからか」

瑠璃は真顔を向けた。

「藤殿が幽閉されてからは、誰も花を痛めつけてなどおりませぬ。菊は確かに厳しくしましたが、あの時は、花にも悪いところがあったのですから、つい熱くなっただけです」

「惚けるな。わたしが言いたいのは菊殿のことではない」

「では何です」

「勘七を、陰で操っておろう」

目を見張る瑠璃をかばうように、大橋が孝次に言う。

「無礼ですぞ孝次殿」

「よい」

止めた瑠璃が、ため息をついた。

「そのことは、菊の侍女から聞いております。花、勘七はなんと言って襲ってきたのですか」

花は一度孝次を見て、瑠璃に目を向ける。

「仲間が島送りにされたことを、恨んでいると」

瑠璃はうなずき、孝次に向く。

「そういうことです」

大橋が言う。

「孝次殿、そもそも勘七を逃がしておいて、我らのせいにされたのではたまったものではありませぬぞ」

孝次が一歩足を前に出すと、大橋は三歩下がった。

尚《なお》も迫る孝次を横目に、瑠璃が花に歩み寄り、耳元で告げる。

「孝次殿に帰っていただいて一成の看病をしてくれるなら、お梅を出してやってもいいと思っていたのだけど、できそうにないわね」

さも残念そうに言った瑠璃が、孝次に振り向く。

「孝次殿、もうよいですから、花を連れて帰りなさい」

大橋と向かい合っていた孝次が振り向く。

「花、帰ろう」

「わたしは残ります」

お梅がどのような目に遭わされるか心配でたまらない花は、孝次の目を見た。

「兄の看病をします」

孝次は花の胸のうちを読もうとする表情になった。

「急にどうしたのだ」

「兄が具合を悪くしたのはわたしのせいですから、看病をしたいのです」

「それは本心か」

お梅を出すためだと言えば、瑠璃が言葉を覆し、連れて帰れと言う恐れがある。そう思った花は、孝次の目を見てうなずいた。

「そうか……」

疑う素振《そぶ》りを見せぬ孝次は、

「では、わたしも残ろう」

そう言ってくれたのだが、今夜は大切な客が来ると聞いていた花は、首を横に振った。

「わたしは大丈夫ですから、お客様をお迎えください」

「聞いていたのか。そのことなら気にするな」

「ほんとうに、大丈夫ですから」

これ以上、孝次の足手まといになりたくなかった。

瑠璃が言う。

「誰も花を傷つける者はいませんから、安心してお帰りなさい。さ、一成が待っていますよ」

瑠璃は花の背中に手を添えて、大橋に言う。

「大橋、孝次殿のお見送りをしなさい」

「はは」

促す大橋に、孝次が告げる。

「また花が傷を負うようなことがあれば、お前の首を必ず取るから覚悟して守れ」

鷹《たか》のような鋭い目で言われた大橋は、顔面を蒼白《そうはく》にして顎を引いた。

「明日の朝には帰しますから」

瑠璃にそう言われた孝次は、花に穏やかに告げる。

「くれぐれも、気を付けてくれ」

「はい」

帰る孝次を立ち止まって見送ったのは、花だけではない。

誰もいない場所で孝次の背中を見ているのは、霞だ。

花に優しくする孝次の姿を見てあきらめるどころか、慕《した》う気持ちが増してしまう霞は、目に涙を浮かべている。そして孝次が見えなくなると、目つきを一変させ、悔しそうな顔を花に向けた。

「どうしてお前ばかり、殿方に見初《みそ》められるのよ」

親子揃《そろ》って女狐《めぎつね》だと罵り嫉妬した霞は、瑠璃のところへ行くべく、その場から立ち去った。

まさか霞にまでも恨まれたとは思いもしない花は、一成のそばに行き、苦しそうに息を荒くしているのを見て心配した。

「兄上、しっかりしてください」

声がけに返事をしようとした一成がえずくので、花は慌てて桶を差し出す。

苦しそうな一成の背中を一生懸命さすった花は、落ち着いた一成を横にさせてやり、医者が置いていた薬を煎《せん》じにかかった。そして熱いのを器に入れて戻ると飲ませ、懸命に看病した。下心など微塵《みじん》もなく、血を分けた兄を心配しているのは花だけで、同じ母から生まれた霞は手伝いに来ないどころか、見舞いすらしようとしない。

お茶を届けに来たお樹津《きつ》が、そんな霞を薄情者だと言ったが、花は話に乗らなかった。いつ足をすくわれるかわかったものではなく、まったく信用していないからだ。

花がそうできたのも、孝次が気を付けろと言ってくれたことが大きかった。強く生きなさいと言い残した母の顔も浮かんだ。

とにかく真島家の奥御殿は、花にとって油断をしてはいけない場所なのだ。

一刻《とき》（約二時間）が過ぎた頃、一成はようやく苦しまなくなった。

この調子なら、明日には楽になりそうだと思った花は、まだ熱があるようなので額の手拭いを交換し、看病を続けた。

廊下に足音がしたので、ようやく霞が来たのかと思って見ると、信義だった。

看病で気が張っていた花は、安堵《あんど》して微笑む。

「兄は、少し楽になったようです」

「すまない花」

神妙な顔をされても、花は意味がわからない。

「信義様、どうしてあやまるのですか」

「騙《だま》したからだ」

そう言ったのは、一成だ。

花が見ると、一成は真顔で告げた。

「孝次殿からお前を取り戻すために、腹下しの薬を飲んだ」

花は悲しくなった。

「騙すなんて酷いです。心配したのに……」

病ではなかったと安心すると腹が立ち、一成の額から手拭いを取って水桶に入れ、抗議の目を向ける。

「孝次様はわたしを助けてくださったのに、まるで攫ったみたいな言い方をしないでください」

勘七に襲われたことを言おうとした花は、

「わたしが悪いのだ」

信義がそう告げたので、驚いた。

信義が花の目を見てきた。いつも微笑んでいるのとは違い、真剣な眼差しだ。

「わたしは、孝次殿よりもずっと前から花に想いを寄せていた。一旦《いったん》はあきらめようとしていたのだが、一成が背中を押してくれたのだ」

「そんな……」

今日までそんな想いを微塵も感じなかった花は、どう答えていいのかわからない。

言葉が浮かばないのだ。

言葉よりも先に頭に浮かんだのは、姉たちの花に向ける、刺すような目つきだった。

母親たちは、娘を嫁がせたい相手が、花に目を向けているのを知って、邪魔者を排そうとしたに違いない。そう思うと、目の前にいる信義が恨めしく思える。

そんな花の胸のうちを読もうともしない信義は、一方的に続ける。

「父が京《きょう》から戻れば気持ちを打ち明けて、花に縁談を申し込むつもりだったのだ」

「………」

花は、膝に置いている自分の手を見つめた。

一成が肩に触れてきたので、身をよじって離れ、目を向ける。

「花、このとおりだ。信義の想いに応《こた》えてやってくれ」

頭を下げられて、花は自分の気持ちがはっきりわかった。信義よりも孝次のことを想っている自分の気持ちに正直に、二人に向き合って顔を上げた。

「わたしは……」

「花お嬢様」

背後から声をかけられたため、花は振り向いた。廊下で澤が頭を下げた。

「瑠璃様が、お梅のことで話があるそうです」

一成が口を開く。

「今花の気持ちを聞こうとしていたのだ。母上にはお待ちいただけ」

澤は真顔で告げる。

「急ぎの話だそうにございます」

お梅に何かあったのかもしれないと思った花は、一成と信義に向く。

「すぐに戻ります」

そう言って、瑠璃の部屋に行った。

澤が中に入るよう促すのに応じた花は、座敷に入った。すると澤が障子を閉め、通さぬとばかりに正座する。

床の間を背にして、藤が座っていた場所にいるのは瑠璃だ。唇に秘めごとを含んだような笑みを浮かべて手招きするのに従った花は、向き合って正座した。

「一成の看病ご苦労様。すっかり元気になったでしょう」

花は目を見た。すると瑠璃は、ゆったりと落ち着いた面持ちで見つめ返してきた。

「何か言いたそうね」

「わたしを帰らせるために、腹下しの薬を飲んだと言われました」

「お馬鹿な二人ね。黙っていればいいものを」

「瑠璃様が、そう仕向けたのですか」

「怖い顔をしないの。取って食べやしないから」

「わたしは孝次様に嫁ぎますから、このようなことは二度としないでください。帰らせていただきますから、約束どおりお梅を連れてきてください」

「そうはいかないわね。まだ大事な話があるの」

「帰ります」

いやな予感しかしない花は立ち上がろうとしたが、澤に押さえつけられた。

瑠璃が近くに来て、花の頬を指でなぞる。

「ずいぶん言うようになったわね。藤殿に虐《いじ》められて、強くなったのかしら」

花が澤の手を振り払おうとしても、瑠璃のそばにいたお志乃《しの》が加勢して二人がかりで押さえられた。

瑠璃が花の顎をつかんで顔を合わせて微笑んだが、花の目には嘲笑に見えた。

「よく聞きなさい花、信義殿は、幼い頃から花に想いを寄せていたそうなのです。藤殿や富《とみ》殿がどれほど娘を嫁がせたいと思っていたか、言わなくてもわかるでしょう。誰もが憧《あこが》れる信義殿に慕われて幸せだと思わないなんて、許されることかしら。桜と楓《かえで》が聞けば、また何をされるかわからないわよ」

やはり思ったとおり、信義の目が自分に向いているのを知って、藤たちは辛く当たったのだ。

そう思うと、花は悔しかった。

「みんな、あまりに勝手すぎます。わたしは何も悪くないのにどうして……」

「花の気持ちなんて、誰も考えていないのよ。だってそうでしょう、存在自体が罪なんだから」

「わたしは信義様には嫁ぎません。孝次様に……」

嫁ぎますと言う前に、瑠璃に口を塞がれた。

「それ以上は言わないの。一成と仲がいい信義殿は、わたしにとって息子も同然の存在なのよ。そんな可愛い子が胸を焦《こ》がしているというのに断るなんて、許されないの。それでも信義殿に嫁がないと言い張るのなら、お梅を、あの酷い親の元に戻すわよ」

それでは、お梅がどのような目に遭わされるかわからない。

うな垂れていた花は、瑠璃に顔を上げた。

「お梅はどこにいるのですか」

「蔵にいるのはほんとうよ」

「出してくれると約束したはずです」

「生かすも殺すも、花次第よ」

聞く気がない瑠璃は、答えを迫った。

辛い時、そばに寄り添ってくれたお梅を、このまま見捨てるわけにはいかない。

そう思う花は、瑠璃の脅しに屈した。

「言うとおりにしますから、お梅を許してください」

孝次にはもう会えないと思うと、涙が止まらなくなった。

「いい縁談なのだから、泣かないの」

満足した瑠璃は猫なで声で言い、花を抱き寄せた。

「信義殿に嫁ぐまで、お梅と二人でいさせてあげるから安心しなさい」

瑠璃が離れると、花は澤とお志乃に両腕をつかまれ、離れに連れていかれた。自分の部屋に行くと、そこにはお梅がいた。蔵ではなかったのだと思うと、少しほっとした。

「お梅！」

声に振り向いたお梅が、愕然《がくぜん》として歩み寄ってきた。

「まさかお嬢様、瑠璃様の脅しに屈したのですか」

「いいのよ」

「わたしなんかのために、いけませぬ！」

「なんかじゃない。わたしは、お梅もだいじなの。辛い目に遭わせたくないのよ」

「お嬢様」

泣き崩れるお梅と抱き合った花は、もう涙を流さなかった。

「瑠璃殿はわたしが屈したと思って油断しているはずですから、二人で逃げましょう。

孝次様のところに行くのよ」

お梅がうなずいた時、雨戸が閉められ、外から釘《くぎ》を打つ音がした。

「そんな……」

はっとした花が雨戸を開けようとしても、びくとも動かない。

表の戸も封鎖されたため、裏の戸に行くと、開いた。

「お梅、早く」

促して戸口から出ようとしたところ、四人の男たちが立ちはだかった。

「出ることは許されませぬ」

花を押し戻した男は、背を向けて戸口を守った。四人は見張りなのだ。

どうすることもできなくなった花は、お梅に大丈夫と言って手をにぎり、仕方なく部屋に戻った。

こうして花は、瑠璃に幽閉されてしまったのだ。

花が部屋に戻ってきたと思った一成は、入ってきたのが瑠璃だったので困惑し、信義を見た。信義は顔には出さないが、胸のうちではがっかりしているはずだ。

「母上、花はどうしたのですか」

瑠璃はいつもの優しい笑みを浮かべて告げる。

「安心なさい。花は、信義殿に嫁ぐと言いましたから」

信義は表情を明るくしたが、すぐに、憂《うれ》いをにじませた。

「花は今、どうしているのです」

「一成の看病で疲れたのでしょう。わたしから伝えてくれと言って、休んでいます。口ではそう言いましたが、照れているのじゃないかしら。だってそうでしょう、これまで兄のように思っていた信義殿から、熱い想いを伝えられたのだから」

信義は照れた顔をして、首の後ろを手でなでた。

一成が言う。

「母上、花は確かに、信義に嫁ぐと言ったのですか」

「嘘《うそ》を言って、なんになると言うのです」

「しかし花は、孝次殿に嫁ぐと決めているようでしたから」

一成は失言に気付いて、信義に詫びた。

「すまん」

「いや、いいんだ。わたしも、承諾するとは思っていなかったのだから」

瑠璃が笑った。

「大丈夫よ。花はまだ子供同然だから、自分のほんとうの気持ちに気付いていなかっただけなの」

「母上が、教えてくださったのですか」

「まあ、花より少しは長く生きていますからね」

「少し……」

「一成、そこは聞き流していいところよ。とにかく、花は信義殿の気持ちが嬉しいと言ったから、大丈夫。わたしが必ず、二人を夫婦《めおと》にします」

　信義はようやく笑みを浮かべ、両手をついた。

「よしなに、お願い申します」

「よかった。薬を飲んで辛い目に遭った甲斐《かい》があるというものだ」

　安堵する一成に、信義が頭を下げる。

「日を改めて、旨《うま》いものを御馳走《ごちそう》させてくれ」

「よし、神楽坂《かぐらざか》の鰻《うなぎ》屋で頼む」

　花が涙を呑んでいるとは考えもしないのだろう。二人は、晴れ晴れとした顔で笑い合っている。

　廊下で、冷めた眼差しをしている侍女がいることにも気付かずに。

五

夜が明け、日が高くなり、やがて西に傾きはじめても、花は帰らない。

何をするにしてもまったく手に付かない孝次は、気を紛らわせようとしていた分厚い本を閉じて身支度をはじめた。

そこへ、小太郎が茶を持ってきた。袴《はかま》を着け、羽織《はおり》に袖を通した孝次が大刀を取るのを見て声をかける。

「花お嬢様をお迎えに行かれるのですか」

「うむ」

「お供します」

小太郎は孝次にも増して、花のことを心配していたのだ。

折敷を置く小太郎に、孝次は告げる。

「皆を集めよ。どうもいやな予感がする」

「はは」

小太郎は廊下を急ぎ、家来たちに声をかけた。

八人の家来を従えて屋敷を出た孝次は、小走りで番町《ばんちょう》へ向かう。

真島家の表門が見えてきた。門前の道まで出ていた門番が孝次に気付くと、逃げるように中に入ろうとした。

先に走った小太郎が腕をつかんで止め、孝次の前に連れてきた。

怯《おび》えたような顔をする門番に、孝次は眼光を鋭くする。

「今、わたしの顔を見て逃げたな」

「いえ、決してそのような」

「ならば今すぐ、わたしが花を迎えに来たと伝えよ」

「承知しました」

中に入った門番が戸を閉めようとしたが、孝次が睨むと小さな悲鳴をあげ、開けたまま伝えに走った。

大橋から孝次が来たことを知らされた瑠璃は、急ぎ離れに向かった。

四人の見張りが頭を下げるのにうなずいた瑠璃は、中に入る。

「花、今からわたしの言うとおりにしなさい」

策を聞かせた瑠璃は、悲しむ花に有無を言わさず手をつかんで立たせ、離れから連れ出した。

　頭を下げる若党に、瑠璃が命じる。

「お梅を見張っていなさい」

「はは」

「さあ早く」

　瑠璃は厳しく花に言い、急いで奥御殿に戻った。


「遅いですな」

　小太郎が言った時、門番が走って戻ってきた。先ほどとは態度を変えて、胸を張った。

「瑠璃様より言伝《ことづて》でございます。花お嬢様は、まだ回復されていない一成様の看病を続けておられるため、今日のところはお引き取り願いたいとのことです」

　昨日の今日だけに、孝次は引き下がるであろうと門番は思ったに違いない。

　言い終えると、そそくさと戸を閉めにかかったが、孝次が腕を突っ張った。

　戸ごと押されて尻餅《しりもち》をついた門番が、何をなさいますと抗議するも、入ってきた孝次に息を呑んで立ち上がった。

「困ります」

「黙れ。許嫁を入れぬとは無礼だ」

門番をどかせて強引に入る孝次たちの前に、大橋が配下を連れて立ちはだかった。

「孝次殿、無体がすぎますぞ。お帰りください」

左の親指を刀の鍔《つば》に当てているのを見た孝次は、大橋と目を合わせた。

「否《いな》と申したらどうする」

「むっ」

孝次の気迫に、大橋は鍔を押して鯉口《こいぐち》を切り、刀の柄《つか》をにぎった。

孝次が恐れるはずもなく、落ち着き払った声で告げる。

「言ったはずだ。花に何かすれば許さぬと」

孝次の威圧に対し、上方《かみがた》で不逞《ふてい》の輩《やから》に目を光らせていた大橋は真っ向から受けて立つといった顔つきになった。

双方引かず、斬り合いになりかねぬ空気になったところに、瑠璃が来た。

「大橋、もうよい」

「はは」

大橋は柄頭《つかがしら》を押して鯉口を戻し、瑠璃に場を譲った。

孝次の前に来た瑠璃が、穏やかに微笑む。怪しい笑みだと思う孝次は油断しない。

「孝次殿は、花のことが心配でたまらないのですね。そこまで想われて、花は幸せ者です」

「花に何もしておらぬだろうな」

つい口調が厳しくなる孝次に、

「あら、人聞きの悪い」

瑠璃は睨むような目をし、すぐ軽やかに笑った。

「まったく疑い深い人ですこと。今からその目で確かめられるといいわ。花も折り入って話があるそうですから。こちらへどうぞ」

案内されたのは、花が暮らしている離れではなく奥御殿だった。

瑠璃に促された孝次は、小太郎たちを待たせて裏庭から回り、母屋に歩み寄る。花は座敷で、外に向いて座っていた。

濡れ縁から廊下に上がる孝次に、花は三つ指をついて頭を下げた。

「花、かしこまっていかがした」

そばに行こうとした孝次に、花は頭を下げたまま告げる。

「孝次様に嫁ぐ気が変わりました。何とぞ、破談にしてください」

孝次は、頭を上げない花を見つめた。声音は決意を込めたように聞こえるが、畳についている指先は、悔しさを表すかのように力が入っており、爪の表面が白くなっている。

「何があった」

「何もございませぬ。おなごの殿方に対する気持ちは、変わりやすいのです」

「その言葉はそなたらしくない。瑠璃殿に吹き込まれたな」

孝次は廊下にある人の気配に気付き、声を潜める。

「脅されているのか」

「…………」

花は答えない。

「話は終わったようね」

瑠璃が言わせぬとばかりに、声をかけてきた。

「孝次殿、そういうことですから、お引き取りください。破談については申しわけありませぬが、いただいた結納《ゆいのう》の品の倍額をお返しいたしますから、ご容赦ください」

孝次は瑠璃を相手にせず、まだ頭を上げようとしない花と向き合う。

「そなたの本心なのか」

すると花は、ようやく頭を上げ、孝次と目を合わせてきた。潤んだ瞳は、孝次には酷く寂しげに見える。

言葉などいらなかった。花は助けを求めている。そう察した孝次が、手をつかむ。

「さ、帰ろう」

だが花は、孝次の手を離した。

「できませぬ」

「どうしてだ」

ふたたび頭を下げようとする花を止めた孝次は、目を見て告げる。

「何を恐れている」

花は、唇を噛みしめた。

「お許しください」

頑《かたく》なな花に、孝次は目を伏せた。

「そうか……」

今日のところは引き下がろうとした時、外がにわかに騒がしくなった。

「花お嬢様！」

声を張り上げて庭に入ってきたのはお梅だ。

瑠璃が声を張る。

「どうしてここにいるのです！」

お梅は叫んだ。

「わたしのために、瑠璃様の言うことを聞かないでください！　孝次様、花お嬢様は脅されて嘘をついています」

泣き崩れるお梅を下がらせようと、若党が来た。

「何をしているのです！」

瑠璃に叱《しか》られた若党は、地べたに突っ伏した。

「お梅を見張っていたのですが、いきなり後ろから棒で打たれたのでございます」

瑠璃は目を見張り、孝次に振り向く。

「孝次殿がやらせたのですか」

「知らぬことだ」

花の手をつかんで立たせた孝次は、廊下に出た。すると、若党が言う。

「やったのは、澤です」

「なんですって！」

瑠璃が声を張り上げたところへ、頭から血を流した別の男たちが来た。捕まえている澤を突き出し、肩を押さえて瑠璃の前にひざまずかせた。

「この者が邪魔をしました」

お梅は澤に助けられていたのだ。

澤は孝次に言う。

「瑠璃様がお梅を人質に花お嬢様を脅し、破談にしようとしています」

瑠璃がすたすたと澤に歩み寄り、頬をぶった。

「血迷うたか」

澤は、瑠璃のことを憎しみの目で見ると、孝次に訴えた。

「藤様は潔白です。この女に嵌《は》められたのです」

「お黙りなさい！」

瑠璃が声を張り上げ、若党が棒で澤の背中を打った。

呻いた澤が、孝次に続ける。

「花お嬢様を殺そうとしたのは、瑠璃様です」

「ええい黙れ！」

大橋が抜刀して澤のところへ行き、

「証《あかし》もないのにあるじを貶《おとし》める者は生かしておけぬ」

斬ろうとして振り上げた。

「やめよ！」

大声を出したのは、騒ぎを聞いて出てきた一成だ。

瑠璃が言う。

「一成、澤は藤殿のためにわたしに罪を着せようとしたのです。かばう必要はありませぬ。大橋、構わぬから手討ちになしなさい」

「大橋、ならぬぞ」

止めた一成が、瑠璃に言う。

「母上、何を焦っておられるのです」

「焦ってなどおりませぬ。わたしは御家の秩序を守ろうとしているだけです」

「いいや」

孝次が声を張った。

「口を封じようとしているようにしか見えぬ」

「無礼な」

憤る瑠璃に、孝次は含んだ笑みを浮かべた。

一成が瑠璃に言う。

「父上の許しなく手討ちにすれば、孝次殿のように疑う者が出ましょう。母上は潔白なのですから殺してはなりませぬ。ここは、軟禁にとどめてください」

瑠璃は唇を噛み、不承不承に応じた。

「大橋、一成の言うとおりに」

「はは」

刀を納めた大橋が、若党に命じて澤を引きずり出しにかかった。

瑠璃の行いを暴きたい花はやめさせようとしたが、孝次に腕を引かれた。

「証がない今は、放っておけ」

こう告げる孝次は、連れていかれる澤に冷めた目を向けている。

「あの者も、そなたを苦しめたのであろう」

強い口調に、花は何も言えなくなった。

孝次は、そばに来た一成に向き合い、目を見据えた。

「元目付役として、ひとつ言うておこう」

「なんです」

「母御《ははご》をこのままにしておくと、御家が潰《つぶ》れるぞ」

瑠璃には聞こえていない。

一成は、孝次から目をそらした。

「わたしには、どうすることもできぬ」

「ならば、花をこの屋敷には置かぬ」

瑠璃にも聞こえる声で言うと、一成は焦った顔をした。

「何を言うのです」

怒気を込めた声を発して歩み寄った瑠璃が、孝次に険しい目をする。

「奥向きを差配する者として、そのような勝手は許しませぬ」

「あるじの許しは得ている」

孝次は、持参していた書状を懐から出し、広げて見せた。

それは紛れもなく、兼続《かねつぐ》の花押《かおう》が記された書状だ。

兼続は花との縁談を認め、これをもって証とし、いつでも花を連れ出してもいいと、書いていた。

皆の前で読み上げた孝次は、目を見張っている瑠璃を見据えて続ける。

「これよりは、兼続殿の言葉としてそのまま伝えるゆえ、こころして聞かれよ」

静まり返る中、孝次は声を張った。

「尚《なお》、藤と瑠璃がこの沙汰《さた》に逆らえば、御家同士の良縁を邪魔する者とみなし、即刻離縁する」

「まさか！」

一成が孝次の手から書状を奪い取るようにして目を通し、瑠璃にも見せた。

「父上は本気です」

こう書かれていては、どうすることもできない。

霞の想いを断ち切られた瑠璃はその場にへたり込み、孝次が花を連れて帰るのを許すしかなかった。

「花も、それでよいか」

孝次が言うと、花は目に涙を浮かべてうなずいた。

「ひとつ、お願いがございます」

「お梅のことだな」

「はい」

「一成殿、お梅を花の侍女として連れていくが、よいな」

孝次に見据えられた一成は、拒むはずもなかった。

「花お嬢様」

抱き合って喜ぶ花に微笑んだ孝次は、笑みを消して厳しい顔を瑠璃と一成に向けて告げる。

「祝言《しゅうげん》は定めた日に挙げるが、このご時世ゆえ、派手にはできぬ。一成殿のみ招くゆえ、そのつもりでいていただこう」

一方的に告げて花を連れて帰ろうとする孝次に、瑠璃が平身低頭して懇願《こんがん》した。

「お待ちくだされ。それでは世間体が悪うございます。わたしが気に入らぬなら、ただ今から蟄居《ちっきょ》し、花に奥御殿の一切をまかせますから、祝言の日まで、どうか花を屋敷に置いてくだされ」

孝次は眼光を鋭くした。

「何をたくらんでいる」

厳しく言われた瑠璃は、首を左右に振る。

「他意はありませぬ。娘たちのためです。孝次殿が攫うように花を連れていけば、すぐに噂が広まり、世間から笑われるのは必定《ひつじょう》。そうなれば、残されている娘たちに縁談が来なくなってしまいますから、どうかお願いします。花も、自分のことばかりではなく、姉たちのことを考えなさい」

瑠璃に畳みかけられた花は、困惑した。

「聞くな」

花の手を引いた孝次は、瑠璃を睨んだ。

「その手には乗らぬ」

瑠璃はしつこく食い下がろうとしたが、孝次は聞く耳を持たず、花とお梅を連れて奥御殿の庭から出た。待っていた小太郎たちが駆け寄り、周囲を固めて守る。

大橋が家来を連れてきて前を塞いだものの、孝次と花を囲む者たちは皆、屈強な身体つきをしている。

刀を抜く構えを見せる大橋に、孝次が声を張る。

「おぬしは、誰に仕えておるのだ」

目付役としての鋭い勘を働かせる孝次に、大橋は臆した顔で場を空けた。

それを横目に、孝次は花の手を放すことなく歩き、門から出た。


追ってきた瑠璃は、大橋に悔しげな顔をした。

「兼続殿は、どこまでもわたしを悲しませる。ほんに、腹の立つ」

毒づいて唇を噛んだ瑠璃は、花が去った門に殺気を宿した目を向けた。

「兼続殿が溺愛《できあい》する花を、幸せにさせてなるものか」

「母上、母上」

ことの次第を知り、泣きながら来た霞を抱き寄せた瑠璃は、怒りを増した顔をし、手に持っていた扇を門に向かって投げ、それでも足らずに砂利をつかんで門扉に投げつけた。

気がすむまで何度も投げる瑠璃の恐ろしい形相《ぎょうそう》に、大橋は石がぶつかる音がする都度、いちいちびくつくのだった。

六

孝次の屋敷に戻った花は、お梅にも部屋を与えてくれた孝次に、二人揃って三つ指をついた。

「お助けくださり、ありがとうございました」

孝次は、照れを隠したようにぎこちない表情をした。

「そう改まらなくていい。許嫁を助けるのは当然だ。自分の家になるのだから遠慮せず、気を楽にしてくれ」

「はい」

花は、この幸せが続くのかと思うと嬉しくなり、お梅の手をにぎった。

「今夜は二人で寝ましょう」

お梅は、ちらと孝次を見て、

「それは……」

遠慮したように返答をしない。

すると孝次が、穏やかに告げる。

「お梅、妙な気を回さず、祝言を挙げるまでは花と一緒に居てやってくれ」

「え！　お二人は、まだ結ばれていないのですか」

お梅はつい訊《き》いてしまったとばかりに、手で口を塞いだ。

花は恥ずかしそうにうつむき、孝次は、

「そういうことだ」

と言い、自ら障子を開けて出ていった。

花がお梅の腕をたたき、もう、と言って抗議の目を向ける。そして、孝次が閉めたばかりの障子を二人で見ていると、小太郎の声がした。

「若、お顔が赤いですがどうされましたか」

「小太郎」

「はは」

「いらぬことを言うた罰だ、水瓶《みずがめ》を抱えて一刻立て」

「どうしてわたしが？」

「うるさい」

「一刻はご勘弁ください。顔が赤いと申し上げただけではございませぬか」

「二刻（約四時間）だ」

「あ、若、助けて」

障子をそっと開けたお梅は、そそくさと去る孝次に許しを乞《こ》いながら付いていく小太郎を見ておかしくなり、一人で笑った。

「花お嬢様も、お顔が赤くなっておられましたね」

「いいかげんにしなさい」

叱ってもお梅が幸せそうに笑うものだから、花もつられて笑みをこぼした。

本書は、ハルキ文庫（時代小説文庫）の書き下ろし作品です。

時代小説文庫
さ 31-2

花《はな》に嵐《あらし》 この世《よ》の花《はな》❷

著者 佐《さ》々《さ》木《き》裕《ゆう》一《いち》
2025年4月18日第一刷発行

発行者 角川春樹

発行所 株式会社 角川春樹事務所
〒102-0074 東京都千代田区九段南2-1-30 イタリア文化会館

電話 03(3263)5247[編集] 03(3263)5881[営業]

印刷・製本 中央精版印刷株式会社

フォーマット・デザイン&シンボルマーク 芦澤泰偉



ISBN978-4-7584-4710-2 C0193 

http://www.kadokawaharuki.co.jp/[営業]
fanmail@kadokawaharuki.co.jp[編集] ご意見・ご感想をお寄せください。

佐々木裕一の本

## この世の花

徳川譜代の名門で七千石の旗本真島兼続の妾の娘・花。母・ふきは商人の娘ながら父に惚れられて娶られ、母子ともに愛されていた。だが、それを正妻、そして他の妻は妬み嫉み、事あるごとに虐げる。兼続の長男・一成やその親友・青山信義と保坂勇里は花の懸命な姿に目を掛けているのだが、それがまた他の娘たちには気にくわない。そんな中、ふきが病に倒れ——。激動の時代に、苦難を乗り越え健気に輝く、一人の少女の物語！

稲田幸久の本

## 悪党
## 上・下

河内の“悪党”楠木正成。幕府に従わないために“悪”と決めつけられた男が本拠・赤坂荘で行う政は、誰もが等しい、武士の支配とはまったく異なるものだった。それに目を付けた護良親王と出会ったことで正成の人生は様変わりしていく——。弟正季、山の王、猿楽師らの仲間と共に、足利尊氏をはじめ、後醍醐天皇、新田義貞など綺羅星の如き英傑たちとぶつかり合い、熱き理想を目指す、新しい楠木正成を描いた大河歴史小説。